LES MYSTÈRES
DE LA MAISON
DE LA VERVEINE

http://www.birchgrovepress.com

ISBN:
978-0-9871953-5-7

Les Mystères de la Maison de la Verveine a été publié par Charles Carrington en 1901 avec des illustrations de Adolphe Lambrecht. Il s'agit d'une traduction de *The Mysteries of Verbena House*, qui a d'abord été publié en deux volumes en un seul en 1882, probablement par William Lazenby. Le premier volume, attribué à George Augustus Sala, a été publié en 1881. Le deuxième volume paru en 1882. Il est attribué à James Campbell Reddie. Carrington republié *Les Mystères de Verbena Maison* en 1898 et 1904. Il a de nouveau rendu sa traduction française 1901 que *La Maison de la Verveine* en 1904.

Le nom « Jean de Villiot » est un pseudonyme. Il a été utilisé par plusieurs auteurs, éditeurs et traducteurs qui travaillent pour Carrington.

Les Mystères de la Maison de la Verveine was published by Charles Carrington in 1901 with illustrations by Adolphe Lambrecht. It is a translation of *The Mysteries of Verbena House*, which was first published as two volumes in one in 1882, probably by William Lazenby. Volume one, attributed to George Augustus Sala, was issued in 1881. Volume two appeared in 1882. It is attributed to James Campbell Reddie. Carrington republished *The Mysteries of Verbena House* in 1898 and 1904. He re-issued his 1901 French translation as *La Maison de la Verveine* in 1904.

The name 'Jean de Villiot' is a pseudonym. It was used by several authors, editors, and translators working for Carrington.

LES
Mystères
DE LA
Maison de la Verveine

OU

MISS BELLASIS FOUETTÉE
POUR VOL

(Tableau de l'Éducation des Jeunes Anglaises)

TRADUIT DE L'ANGLAIS

PAR

JEAN DE VILLIOT

Paris

CHARLES CARRINGTON

1901

PRIX : **20** francs

LES MYSTÈRES

DE LA MAISON

DE LA VERVEINE

LES MYSTÈRES
de la MAISON ***
de la VERVEINE

Adapté de
l'Anglais par
Jean de VILLIOT

Illustrations par
Adolphe Lambrecht

Paris - 1901 . . . . .
Ch. CARRINGTON . . .
XIII, Faub. Montmartre

Préface

L'ouvrage que l'on va lire n'offre pas seulement l'intérêt d'une histoire bien contée, il a par dessus tout cet avantage inestimable d'être le récit d'un fait authentique.

Les auteurs de ce livre n'ont rien inventé; leur mérite, qui n'est pas mince, est d'avoir donné la couleur vivante à ce qui n'eût été, sous d'autres plumes, qu'un morne et fastidieux procès-verbal.

Dans sa bibliographie si complète et si documentée « *Catena librorum prohibitorum* » l'anglais érudit que les lettrés ne connaissent que sous son nom de plume « Pisanus Fraxi », analyse longuement le présent livre.

Les notes qu'il y consacre montrent en quelle estime il tenait « La Maison de la Verveine », le seul écrit de valeur, dit-il, parmi tant d'odieux libellés consacrés à la flagellation.

Mais ce qui donne un attrait de plus à ces notes, ce sont les détails circonstanciés que Pisanus Fraxi donne sur la rédaction du livre.

La première partie est attribuée à un gentleman bien connu dans les milieux littéraires de Londres.

Journaliste coté, cet écrivain est un habile observateur de la vie parisienne et londonnienne, un charmant conteur de voyages, de romans, un cosmopolite enfin dont la plume experte sait écrire des articles où il disserte élégamment *de omni re scribili et quibusdam aliis.*

Puis, jusqu'à la fin, l'ouvrage, laissé inachevé par l'auteur, fut écrit par la personne érudite qui en avait fourni la matière et le plan.

Une lecture attentive vient confirmer l'exactitude de ces renseignements. Le style alerte du début fait place en effet, après la page indiquée, à un style plus sévère et plus précis. Le premier auteur badine, le second raconte posément et froidement. L'observation minutieuse termine ce que l'imagination vive a commencé.

Mais que l'on ne croie pas que cette collaboration ait eu pour résultat de produire une œuvre batarde. La transition est insensible et savamment dissimulée. La physionomie des personnages ne subit aucune altération; ils continuent de parler et d'agir, logiquement, d'après les préliminaires posés.

Les auteurs étaient trop hantés, cela est visible, par la même préoccupation; ils s'étaient trop identifiés avec leur sujet pour faiblir dans leur tâche et, si le premier s'était inspiré des notes fournies par le second et du récit qu'il avait pu lui faire, celui-ci possédant à fond l'histoire, était qualifié mieux que personne pour achever ce qu'un autre avait commencé d'après lui.

De quoi s'agit-il donc ?

D'une élève d'un aristocratique pensionnat de Brighton, convaincue d'une action mauvaise : d'un vol avec l'aggravation d'un odieux subterfuge tendant à faire attribuer sa faute à une innocente compagne et du châtiment infligé à la coupable.

C'est là peu de chose en vérité.

Sans doute, et c'est l'art du récit et la psychologie des héros, si fine, si savante qui font tout le charme de « La Maison de la Verveine ».

Mille détails pittoresques d'ailleurs viennent augmenter l'intérêt qui ne faiblit pas un seul instant. Et voici ce qui sauve l'ouvrage de la banalité des « flagellants'books » : la science exacte et minutieuse avec laquelle est exposé ce cas particulier d'une directrice de pension rebelle à toute idée de châtiment corporel, que des circonstances spéciales amènent à se servir du fouet, d'abord avec répugnance, ensuite avec passion.

Que la commotion produite dans son organisme et dans son cerveau par la flagellation cruelle qu'elle inflige à son élève conduise Miss Sinclair à l'excitation sensuelle, il n'y a là rien de bien surprenant pour tous ceux qui sont initiés aux arcanes du fouet.

S'abandonner à la tentation de faire souffrir, c'est obéir à l'instinct de destruction et, comme le dit l'illustre physiologiste Nysten : Chez la

plupart des mammifères et *même chez l'homme,*
l'instinct de destruction entre en jeu en même
temps que l'instinct sensuel.

L'explication d'une semblable anomalie dans
le mécanisme cérébral est encore à chercher,
mais le fait est indéniable et les exemples
abondent.

Qu'on se rassure. Nos auteurs n'ont pas
disserté sur le cas qu'ils exposent. Leur plume
légère n'effleure même pas ces questions sca-
breuses et difficiles, mais elle n'a pas reculé
devant le récit et leur sincérité vaut mieux que
d'inutiles réflexions.

Le lecteur possède ainsi la fameuse « tranche
de vie » si demandée de nos jours, mais assaison-
née comme il convient. Nous l'avons dit, la façon
dont l'histoire est présentée, seule appartient
aux auteurs ; le récit est authentique, l'aventure
est contemporaine.

C'est plus qu'il n'en faut pour recommander
le petit livre où sont dévoilés et exposés avec
humour « Les Mystères de la Maison de la
Verveine ».

* *

Si nous publions ce livre en langue française,
ce n'est point pour l'étude qu'on y peut faire d'un
cas particulier de flagellation, mais bien pour
faire ressortir tout le côté scandaleux de l'éducation anglaise.

V

Cette éducation anglaise a ceci de particulier qu'au lieu de s'étaler au grand jour comme la nôtre, d'emprisonner étroitement l'élève dans une surveillance formaliste et méticuleuse, elle met toute son habileté à se dissimuler, afin de donner à l'enfant l'illusion de la liberté absolue. Alors comment donc tant de sévérité peut-elle se concilier avec l'extrême liberté laissée aux jeunes gens? Un pédagogue anglais qui s'honorait de manier la verge de ses propres mains, Thomas Arnold, a essayé de nous l'expliquer.

« Arnold, dit M. Paul Stapfer, s'est élevé non sans éloquence contre le faux point d'honneur chevaleresque qui nous inspire notre répugnance pour les coups, et il en a montré les inconvénients extrêmes, disons plus : le mortel danger, par des arguments nullement méprisables, surtout par ce petit fait historique qui donne le frisson : c'était en France, pendant les journées de juillet 1830. Un gamin d'une douzaine d'années, s'égosillant à vociférer des outrages contre les soldats, fut remarqué par un officier qui, ayant égard à l'âge du petit, se contenta de lui infliger une correction : il le frappa seulement du plat de son épée. Mais on avait appris à ce moutard à regarder sa personne comme sacrée et un simple coup bien pire que la plus sanglante blessure. Mortellement atteint dans son « honneur », il rampa derrière l'officier, saisit une occasion favorable et le tua d'un coup de fusil. »

Jamais, en France, ne s'acclimateront les méthodes de punitions employées outre Manche.

Certes, l'éducation employée par nos voisins fait des hommes pratiques. Mais, est-ce bien elle seule qui en est la cause directe. Ceci est moins que probable.

Ce sont les mœurs, c'est tout l'ensemble de la vie nationale, qui font les hommes. L'éducation n'est qu'une résultante et c'est pourquoi il est vain de la prôner comme un remède, une panacée universelle. Ce remède n'agit point également sur toutes les constitutions.

La nôtre en particulier se prêterait-elle à son action? Rien n'est moins sûr. Cela ne va pas à dire qu'il n'y ait rien à prendre pour nous dans les méthodes éducatives de nos voisins. Mais nos emprunts doivent être discrets, si nous voulons qu'ils nous profitent. Bref, ne faisons pas comme cet homme maigre qui, voyant à un homme gras un habit qui lui seyait fort, le lui voulut acheter et s'en vêtir aussitôt : il y flottait ridiculement. C'est ce qui nous arriverait si nous empruntions les méthodes anglaises sans les avoir d'abord ajustées à notre tempérament.

* *

Nous n'insisterons pas sur le caractère tout particulier des mœurs anglaises. Nous tenons simplement à mettre sous les yeux de nos lecteurs quelques faits qu'ils ignorent peut-être, et si nous pouvons les intéresser, notre tâche sera remplie.

Certes, l'hypocrisie domine dans la société anglaise, dans la haute société en particulier. Ces corrections infligées à des enfants n'ont rien de répréhensible ; infligées à des jeunes filles, souvent en âge de se marier, elles nous semblent odieuses, et nous ne sommes pas éloignés de croire qu'elles cachent un but moins... pratique.

Corriger des jeunes enfants, soit. Des adolescents, là est ce que nous ne pouvons comprendre, et on ne saurait trop en flétrir les auteurs, en dévoilant leur turpitudes.

JEAN DE VILLIOT

LES MYSTÈRES
DE LA MAISON
DE LA VERVEINE

PREMIÈRE PARTIE

" Verbena House "

La Maison de la Verveine, Sussex-Square, Kemp Town, à Brighton, était la plus élégante, la plus vaste, et la mieux conduite des écoles de dames qui sont en si grand nombre dans cette ville, la Reine des Plages. Ce n'était ni un collège, ni une pension.

Miss Sinclair qui en était propriétaire n'appelait pas son établissement autrement que « mon école » et s'intitulait elle-même « maîtresse d'école ». Cela allait même si loin qu'elle nommait parfois ses élèves « ses filles ». Pour ses domestiques, naturellement, ces élèves étaient de « jeunes dames » ; pour les gouvernantes qui l'assistaient, c'était ses pupilles, mais pour Miss Sinclair, ce n'était que des jeunes filles, et elle les traitait comme telles.

Elle n'avait pas moins de cinquante élèves sous sa direction, toutes rangées d'après leur âge, entre huit et seize ans. Elle s'était fixé pour la réception un certain âge minimum, et rarement elle allait contre cette décision.

« Au-dessous de huit ans, avait-elle l'habitude de dire, une petite fille est un bébé mieux à sa place à la *nursery* qu'à l'école; au-dessus de seize ans c'est une femme déjà bonne pour le mariage ou peu s'en faut. »

Miss Sinclair, songeant aux sentiments précoces qui pouvaient s'éveiller chez certaines de ses pupilles, entre quatorze et seize ans, veillait avec le plus grand soin sur toutes les personnes atta-chées à sa maison, professeurs de langues et autres. On ne sait jamais ce qui peut arriver.

C'était une belle et forte femme d'environ trente-deux ans.

J'ajouterai qu'elle était bien Miss Sinclair pour tous ceux qui la connaissaient, et pas un mur-mure ne s'était élevé qui put ternir sa réputation d'honnêteté rigide. Ce qui n'empêchait pas que ce ne fut « un beau brin de femme » aux formes opulentes, aux yeux très clairs et pleins de flamme, aux lèvres appétissantes, à tel point qu'on hésitait à lui parler comme à une miss authentique. Elle avait de très petites mains, blanches et potelées. Sa chevelure était brune, d'un brun très profond, presque bleu, aile de corbeau; elle se coiffait avec des bandeaux, ce qui lui allait à ravir sous les chapeaux de grand style qu'elle portait toujours. D'ordinaire vêtue d'une ample robe de soie noire, elle avait au cou une chaîne d'or qui descendait jusqu'à sa ceinture, terminée par une montre et de délicieuses breloques et que plus d'un alderman avait dû envier pour sa richesse.

Tout ce qu'on savait de Miss Sinclair, c'est qu'elle avait été gouvernante dans la famille de la marquise de Courdesart — aujourd'hui, vous le savez, duchesse de Tadmor — et qu'elle avait fait avec un grand succès l'éducation des quatre filles de cette dame, les beautés célèbres Lady Palmyra, Lady Tira, Lady Sidonia et Lady Ephesia Wildernesse. Après le mariage de cette dernière avec Lord Balbee, Miss Sinclair avait quitté la noble maison de Courdesart.

Les certificats qu'elle avait obtenus de sa noble maîtresse étaient des plus flatteurs et sans doute celle-ci y avait ajouté de plus palpables témoignages de sa reconnaissance, car peu après son départ de Wildernesse House, Park-lane, London, Miss Sinclair avait commencé sa carrière de maîtresse d'école à Sussex-Square, Brighton.

Verbena-House était une maison immense, jadis résidence d'un constructeur de railways, ayant gagné le million, puis tombé du haut de sa situation brillante et dont les créanciers avaient tout juste pu recueillir un penny et trois farthing par livre de créance. Depuis ce temps, le pauvre diable vivait assez obscurément à Eaton-place, Belgravia.

Le palais de ce Bélisaire avait été transformé en école. Les pièces énormes furent divisées par des cloisons peintes et vernies formant des compartiments dont chacun contenait un lit. Dix élèves, au moins, pouvaient coucher dans chacune de ces pièces, mais chaque élève avait son lit séparé, parfaitement isolé du lit de ses voisines.

Miss Sinclair était persuadée que les mauvais penchants déjà si difficiles à combattre chez certaines jeunes filles trouvaient un aliment de perversité plus grande quand ils se manifestaient sous la forme d'amitiés trop passionnées.

Quand une élève était soupçonnée de se livrer à des habitudes mauvaises, on la confiait sans tarder aux soins du médecin de la maison, le Docteur Jossop.

Ce praticien lui faisait prendre certains remèdes énergiques, des purgatifs en général; on portait son lit dans la chambre d'une des gouvernantes ou, dans les cas extrêmes dans la chambre de Miss Sinclair. L'enfant était traitée avec une extrême douceur; ses compagnes étaient simplement informées qu'elle était délicate, et réclamait de grands soins. Les domestiques avaient également l'ordre de ne pas souffler mot du mal réel dont elle souffrait et le plus souvent on arrivait même à le leur cacher. Dans aucune circonstance on ne punissait la pauvre enfant de ce que l'on considérait plutôt comme une faiblesse que comme une faute. On saupoudrait de camphre, d'après le système de Raspail, ses draps et ses couvertures et un petit sachet de mousseline contenant de cette même poudre était placé sur la malade. Le camphre, on le sait, possède un pouvoir sédatif considérable. Miss Sinclair n'avait jamais voulu entendre parler de ces inventions barbares qu'on a voulu mettre à la mode, telles que ce pantalon qui a de vagues analogies avec la fameuse ceinture dont les seigneurs au moyen-âge *ornaient* leurs femmes avant de partir pour la Terre-Sainte.

L'amiral Bowley dont la fille âgée de treize ans menaçait de s'adonner aux pratiques dont nous parlons, avait envoyé un jour à Miss Sinclair une paire de ces fameux pantalons, mais celle-ci les lui avait retournés avec indignation. Cet appareil avait été recommandé à l'amiral par une maîtresse qu'il chérissait particulièrement et qui aurait bien dû songer à elle avant de vouloir soigner les autres.

Pauvre Joséphine! je l'ai bien connue. Elle est morte d'une maladie terrible, suite obligée des vices auxquels elle avait longtemps sacrifié.

Qu'on nous pardonne cette digression. Miss Sinclair ne se contenta pas de retourner à l'amiral les fameuses culottes, elle mit bientôt à la porte l'enfant dépravée. Plus tard, l'amiral put dire à son ami le colonel Sloofy, du second *Life-Guards*, que par la grâce de Dieu et du Cat-o'nine-tails, il avait guéri sa fille.

— Le chat-à-neuf-queues, lui répondit Sloofy, les yeux brillants, c'était un *birch's lover*; comment vous en êtes vous servi?... Sur les vêtements?

— Non pas, répondit l'amiral, mais bien sur son
derrière mis à nu. Mon comptable lui tenait la tête
entre les jambes pendant l'exécution. Je lui ai bien
donné une cinquantaine de coups dans un seul
jour.

Miss Clara Bowley est aujourd'hui mariée au
Révérend Septimus Twigg, Recteur de Badsworth,
Leicestershire. Elle s'intéresse grandement aux écoliers de son mari et pour les garçons au moins, elle
a réussi à faire substituer la verge à la canne qu'elle
déclare atrocement cruelle. Elle a déjà fait fouetter
plusieurs moutards, bien qu'à son grand désappointement, son mari ne lui permette pas d'assister à
l'exécution.

— Ce spectacle, lui fait-il observer, est fait pour
blesser vos sentiments de délicatesse aussi bien que
vos sentiments d'humanité.

Elle n'a pas été plus heureuse quand elle a voulu
obtenir du Révérend Septimus qu'il consente à faire
fouetter les petites filles aussi bien que les petits
garçons. Le révérend a le cœur tendre, et par dessus tout, il est modeste.

— Quelques coups sur les mains ou sur les
épaules, ma chère Clara, si vous voulez, lui répondit-il, mais vous ne voudriez pas détruire les
germes précoces de pudeur dans ces jeunes esprits,
en soumettant les petites filles à un châtiment d'un
genre si indécent et si dégradant.

— Mais j'ai bien été fouettée moi-même, et Dieu
sait comme! réplique Madame Septimus.

— Eh bien, lui répondit-il, honte à la brute qui a osé porter la main sur ma Clara.

— Je vous aimerais pourtant bien davantage si vous me fouettiez, pensait Clara.

Les nœuds du chat-à-neuf-queues du vieil amiral lui piquaient encore les reins et lui mettaient le sang en ébullition. En détruisant en elle un démon de lubricité, son père en avait réveillé un autre. J'imagine que Miss Clara trouvera bien le moyen quelque jour d'initier son seigneur et maître aux mystères de la flagellation. Il se pourrait même que le postérieur d'une écolière soit sacrifié sur l'autel de leur mutuel amour.

Voilà encore une digression, mais je ne veux plus m'en excuser. Cette histoire sera faite en partie de digressions de ce genre, comme les Contes orientaux.

Pour le moment, je reviens à la méthode de Miss Sinclair pour le traitement de ses pupilles. Elle était tout aussi opposée à l'usage des gants de crin — le préventif usité dans de tels cas — aussi opposée qu'à celui des fameux caleçons.

— Une habitude de ce genre, disait-elle, provient d'une imagination morbide, combinée avec une irritation locale, produisant un chatouillement, et on ne la guérit pas par des excoriations. Si une jeune fille abuse d'elle-même, elle continuerait à le faire quand bien même vous lui envelopperiez les mains d'épines et de hameçons.

Miss Sinclair était juste. Son système cependant avait des limites.

Si les purgatifs du Docteur Jossop, les draps saupoudrés de camphre et tout le reste n'avaient pas de succès, la victime de ce vice était tout simplement renvoyée de l'école. On ne la chassait pas; on priait aimablement les parents de la reprendre. Miss Sinclair ne divulguait jamais la cause de ce renvoi et dans leur intérêt, les parents observaient aussi le silence.

La vie ne se passe pas sans d'immenses ensevelissements.

Cinquante élèves formaient le contingent habituel de l'école, beaucoup étaient filles de nobles ou de baronnets, de riches gentilshommes de campagne, d'officiers de terre ou de mer, ou de clergymen à bénéfices.

Pour une « petite », la pension ne coûtait pas moins de cent guinées par an; pour les enfants au-dessus de quatorze ans, elle coûtait souvent deux cents guinées.

Au moment où les événements qui font l'objet du présent volume eurent lieu, l'école contenait peut-être trente petites filles de la catégorie des jeunes, c'est-à-dire des enfants portant des jupons assez courts pour montrer un peu de leur pantalon et vingt plus âgées, ayant de longues jupes et dont les pantalons n'étaient visibles à l'œil du vulgaire que les jours de bain sur la plage ou quand le vent soufflait très fort. Mais le port d'un pantalon, de quelque genre que ce soit restait soumis aux prescriptions particulières de Miss Sinclair, prescriptions qui étaient celles des Mèdes ou des Perses. Ainsi, certaines de ces petites friponnes avaient des pantalons qui descendaient jusqu'aux genoux, d'autres en portaient qui venaient au milieu des mollets, d'autres enfin, mais en petit nombre, qui descendaient jusqu'à la cheville, et qui couvraient presque la bottine.

Parmi les plus âgées, quelques élèves avaient des pantalons fermés comme ceux des nonnes et boutonnés sur les côtés. D'autres les portaient à la zouave, en flanelle rouge, serrés aux genoux, mais la majorité avait les dessous habituels des dames anglaises, des pantalons de linon, ouverts des deux côtés, serrés à la taille et dont le bas des jambes était brodé ou orné de dentelles et d'entre-deux.

Une de ces jeunes filles, Miss Montes, de Cuba, portait des pantalons à la Turque en gaze transparente qui lui descendaient jusqu'aux chevilles. Elle en avait apporté avec elle trois douzaines en venant de la Havane.

— Ces pantalons sont très utiles, dans mon pays, disait-elle, pour protéger des moustiques.

Miss Sinclair traitait superbement ses élèves. On leur donnait du vin ou de la bière et les mets que leurs parents avaient désignés eux-mêmes; cette libéralité au point de vue de la nourriture ne changeait rien au prix de la pension.

On servait régulièrement quatre repas par jour : déjeûner du matin, dîner, thé et souper. Quand les élèves avaient faim dans l'intervalle, on leur donnait du pain et des confitures ou du plum-cake.

Les études étaient variées et nombreuses, et la
paresse n'était pas tolérée; mais les heures de
récréation étaient suffisantes pour le repos et les
bains, et les exercices en plein air formaient un
temps considérable. Les mercredis et les samedis,
les élèves avaient congé l'après-midi.

Quatre gouvernantes aidaient la directrice :
Miss Everard, la première maîtresse d'Anglais, le
premier lieutenant, pour ainsi dire, de l'amiral Sinclair. C'était une femme de quarante et un ans,
rêche, anguleuse, austère, mais consciencieuse. Les
élèves la craignaient, mais la respectaient.

Après elle venait Mademoiselle de la Tourelle,
professeur de Français, une petite femme brune aux
cheveux frisés et aux yeux tout pétillants de malice.
Les pensionnaires se moquaient de sa prononcia-
tion, c'était une passionnée, mais elle avait bon
cœur.

En troisième, venait Madame Fraulein Schrobbt,
maîtresse d'allemand et de musique. Du moins
enseignait-elle la pratique de cet art aux plus jeunes
et les préparait aux leçons plus savantes des professeurs. C'était une femme placide, avec une figure
aux traits épais et lourds.

Elle accomplissait sa tâche d'une manière suffi-
sante, mais avec apathie. On la voyait souvent
bailler d'ennui à se rompre la mâchoire et souvent
elle allait s'enfermer dans sa chambre pour pleurer
à son aise son pays. Les élèves l'adoraient parce-
qu'elle était sentimentale et leur parlait de Charlotte

et de Werther. Souvent aussi, elle leur chantait les romances tristes et passionnées de Schubert.

Enfin, la quatrième gouvernante, la plus jeune, était Miss Cope, une anglaise, directrice des jeux et de la promenade, des bains, et, en général, de tous les divertissements. On la haïssait cordialement dans tout l'établissement, aussi bien les élèves que ses collègues du professorat et les domestiques. Miss Sinclair, elle-même, qui prisait hautement ses services, était loin de l'avoir dans son cœur. C'était la mère d'une riche élève qui l'avait recommandée; on disait même tout bas qu'elle sortait d'un orphelinat. Les pensionnaires se chuchottaient souvent qu'elle avait dû être élevée dans une maison de correction.

Six domestiques étaient attachés à ce luxueux pensionnat : une cuisinière, trois femmes de chambre, et une lingère; un jeune garçon qui essuyait la vaisselle et se livrait en même temps à toutes sortes d'industries non prévues par le règlement, telles que d'aller chercher en cachette pour les élèves des gourmandises et de faire le facteur en ville pour leurs correspondances clandestines. Enfin un intendant, qui avait charge de la garde-robe, du blanchissage, veillait à la table et assistait aux bains des élèves pour prévenir par sa présence les jeux suspects.

Il est peu utile de parler des différents professeurs qui venaient, du dehors, donner des leçons à *Verbena-House*. Peut-être d'ailleurs serait-ce peu courtois que de les citer en dernier après les domestiques.

Qu'ils veuillent m'excuser. Je dirai donc que Herr Shrumpff, de Leipzig, donnait des leçons de piano; Signor Galdemonte enseignait le chant; Monsieur Beauvallet, la littérature française; M. Sparigall, la danse; M. Mc. Guilp, le dessin; et que le sergent-major Horne, autrefois du régiment des «Bleus», enseignait la gymnastique et l'exercice des *Massues*.

Des maîtres spéciaux venaient également quand il en était besoin, donner des leçons de langue italienne ou de botanique et de géologie.

Le directeur spirituel, père et confesseur de cette intéressante *nursery* était le Révérend Arthur Philip Calvadon, de St. Aidan's Chapel, St. James' street, un ecclésiastique très ritualiste, et un gentleman de manières avenantes et d'un visage fort agréable.

Le médecin, nous l'avons dit plus haut, était le Docteur Jossop, de Old Steyne.

Il ne nous reste plus qu'à examiner un seul point pour compléter la description de ce petit monde.

Quelle était, dira-t-on, la discipline en usage à *Verbena House*? De quelle nature étaient les punitions? Comment s'y prenait Miss Sinclair pour diriger ce petit bataillon de cinquante jeunes filles dont une vingtaine étaient de cet âge si difficile qui va de quatorze à seize ans?

Parmi ces cinquante, il y avait de vrais démons et d'indécrottables paresseuses. Il y avait là des caractères indisciplinables, de vrais garçons tapageurs; beaucoup avaient des habitudes de malpropreté. De ces dernières, Miss Clayton et Miss Waterhouse n'étaient pas les moins sales.

Miss Moleskin oubliait toujours de nettoyer ses oreilles et ses bras.

D'autres étaient gloutonnes et menteuses.

Miss Gallick était toujours en querelle avec ses condisciples; Miss Brandford jouait mille tours à ses professeurs; Miss Mornington dormait sans cesse et Miss Landor n'arrêtait pas de crier et de pleurer comme un simple bébé.

Disons tout de suite que bien des élèves étaient de charmantes petites filles, bien paisibles, studieuses, affectueuses et ne causant ni troubles ni soucis; mais la meilleure des élèves méritera toujours à un moment, sinon une punition sévère, du moins quelques reproches.

Les reproches, on ne les épargnait pas à *Verbena House.*

Les quatre gouvernantes avaient le droit, dont elles usaient souvent, de réprimander vertement les indisciplinées.

Mademoiselle de la Tourelle notamment faisait des réprimandes d'une voix posée et sévère; Schrobbs les faisait d'une voix larmoyante et Miss Cope menaçait d'aller rapporter le méfait à Miss Sinclair; elle n'y manquait pas du reste.

Quant à Miss Sinclair; elle pouvait évidemment
réprimander comme ses gouvernantes, mais elle
pouvait aussi punir.

Mais comment? je vous en prie, ne
vous hâtez pas de conclure. Ne dites

pas que les remèdes souve-
rains employés par Miss Sin-
clair étaient la verge, la canne, la courroie, la cravache et la corde à nœuds.

Je sais que tous ces appareils de flagellation sont
employés dans les écoles de filles, pour ne pas parler

III

des buscs en baleine, pris à des corsets, des brosses
à cheveux, de la corde à sauter, du bambou, de la
sangle, du paquet d'orties — ce qui pique effroya-
blement, mais ne fait aucun mal — de la règle et de
la main ouverte.

J'ai aussi entendu parler d'une gouvernante qui
fouettait le derrière de sa petite élève avec une serviette mouillée, tordue de façon à former aux deux
extrémités de fines pointes. Mais laissez-moi vous
assurer que Miss Sinclair n'était pas du tout une
maîtresse « fouetteuse » et que, jusqu'au jour où le
drame que je vais raconter se passa, elle n'avait
jamais vu une verge de bouleau. Elle avait évidemment entendu dire que l'on se servait de ce petit
instrument pour fouetter les enfants, mais n'en
avait jamais été touchée étant petite fille, et n'en
avait jamais fait usage pour ses élèves.

Elle avait bien une vague idée de ce que pouvait
signifier « fouetter » ou « fustiger » et de l'endroit
du corps qui convenait à cet exercice. Elle avait
même fait une distinction subtile entre ces syno-
nymes, et tacitement se disait que les petits
garçons étaient *fustigés* et les petites filles *fouettées*, la punition de ceux-là lui semblant la plus
rude.

Pendant qu'elle était institutrice à *Wilderness
House*, on ne lui avait jamais permis de toucher du
bout des doigts à ses élèves. Quand elles avaient
commis quelques fautes, plainte devait en être faite
aux parents, et il arrivait bien souvent que

Lord Courdesart, rentrant le soir, faisait venir une de ses filles et la cravachait sévèrement.

Lady Palmyra fut ainsi, paraît-il, cravachée jusqu'à l'âge de 18 ans, mais son père ne lui releva jamais les jupes; il ne lui mettait pas à nu les épaules, et lui appliquait les coups sur le dos pardessus ses vêtements. La vérité est que sa Seigneurie n'était pas un artiste en flagellation.

Quelle autre personne qu'une brute pourrait ainsi cravacher le dos ou les épaules d'une pauvre fille! tandis qu'un fouettage délicatement, mais fortement donné sur le derrière nu, procure un plaisir exquis et ne défigure pas le patient.

Je puis dire que si Miss Sinclair était restée jusque là étrangère à la flagellation, soit passive, soit active, elle s'était complètement abstenue de toute punition corporelle dans le gouvernement de son école. Plusieurs fois, en diverses occasions pendant les trois années qui s'étaient écoulées depuis sa prise de possession de *Verbena House*, elle avait fessé certaines élèves, mais hélas! de la façon la moins régulière et la moins scientifique, si j'ose m'exprimer ainsi.

Il y eut, entre autres petites filles fouettées, Miss Gallick, la querelleuse et la batailleuse. Rentrant un matin dans la classe de français, Miss Sinclair trouva la petite Landor en larmes.

La féroce Gallick lui avait abîmé un œil d'un terrible coup de poing. Perdant patience, la directrice envoya à la méchante gamine une paire de retentissants soufflets. Miss Gallick eut la hardiesse de riposter et d'envoyer un coup de pied dans les jambes de sa maîtresse.

Alors celle-ci, tout à fait furieuse, saisit la jeune pugiliste et l'emporta dans sa chambre. Elle ferma la porte, jeta la petite forcenée sur son lit, et lui relevant les jupes par-dessus la tête, se mit à lui donner des claques sonores sur le derrière.

Elle frappait aussi fort qu'elle pouvait, et à coups précipités, mais cela paraissait bien peu impressionner Miss Gallick.

Miss Sinclair avait été si rapide dans son exécution, qu'elle avait oublié de baisser le pantalon de la petite fille. Elle s'en aperçut, mais le pantalon était solidement attaché à la ceinture et Miss Sinclair fut obligée de tirer avec force et de briser le cordon.

Elle se remit alors à frapper sur les fesses nues de la petite, ses doigts marquant à chaque coup sur la chair; elle ne pouvait se dissimuler qu'elle ressentait presque plus de douleur à la main que la patiente n'en ressentait ailleurs.

En effet, Miss Gallick finit par se retourner, et d'un air effronté, lui dit :

— Cela ne me fait rien.

— Eh bien ! s'écria Miss Sinclair, cela va vous faire quelque chose, et je vous ferai crier, quand je devrais vous fouetter toute la journée.

Et regardant autour d'elle pour voir si elle ne trouverait pas quelque instrument qui lui permettrait de frapper encore plus fort, sans se faire de mal, elle avisa une pantoufle à la semelle épaisse et solide.

Elle la saisit, et passant son bras gauche autour de la taille de la petite révoltée, elle la frappa si bien que les marques rouges de ses doigts furent bientôt effacées, par d'autres cramoisies.

Quand Miss Gallick eut reçu au moins cinquante coups de pantoufle bien appliqués, son derrière n'avait pas, il est vrai, cet aspect bien connu des flagellants qui l'ont désigné sous le nom de *plum-pudding*, mais la correction qu'il avait reçu, l'avait rendu pourpre, et pendant un jour au moins, il garda des marques noires et bleues.

Miss Gallick profita de la leçon, et pendant long-temps n'essaya plus de battre personne.

Le lecteur pensera toutefois que cette correction méritait plutôt le nom de râclée que celui de fessée.

Elle avait été rossée et non pas flagellée. Une autre fois, Miss Sinclair eut à employer le même traitement sur la croupe d'une de ses élèves.

Ce fut pour Miss Clayton, la petite malpropre aux dessous toujours répugnants.

Elle avait été si sale, pendant plusieurs jours, que la directrice s'était déterminée à la corriger de belle façon.

Sur le rapport de l'intendante, Mistress Rumple constatant que le pantalon de la petite pensionnaire était encore une fois dans un état déplorable, on la conduisit à la cuisine et Mistress Rumple reçut l'ordre de se tenir auprès d'elle et de la cingler sur les épaules si elle se montrait rebelle; on lui fit retirer ses vêtements et elle dut savonner son linge sali dans un bassin d'eau chaude.

Quand elle eut terminé ce travail, on lui fit étendre ce qu'elle avait lavé sur des cordes; une heure après Miss Sinclair vint à la cuisine, ce qui lui arrivait bien rarement et adressa à Miss Clayton les plus vifs reproches sur sa malpropreté.

Elle se préparait à regagner sa chambre après cette algarade et à laisser partir la petite sans la punir, quand une serviette de toile placée sur la table attira son attention : elle la prit, la mesura et trouva que pliée en quatre elle avait encore un pied et demi de longueur.

Elle la tordit de façon à former trois pointes qu'elle noua chacune à l'extrémité, ce qui fit un *cat-o'nine-tails* très respectable.

— Venez ici, petite malpropre, cria Miss Sinclair en faisant claquer dans l'air ce fouet improvisé.

Miss Clayton s'approcha toute tremblante.

— Tendez votre main.

Et elle la frappa.

— L'autre maintenant.

La petite présenta ainsi ses mains à tour de rôle.

Elle les avançait et les reculait, tressaillant à chaque coup, remuant nerveusement les épaules, mais ne poussant pas un seul cri.

— Je vais vous fouetter, dit tout à coup Miss Sinclair, Mistress Rumple, relevez-lui les jupes.

L'intendante obéit sans hésiter, car la petite sale n'était pas une de ses favorites, et releva les vête- ments de Miss Clayton par-dessus sa tête.

Bien qu'elle eût lavé un pan- talon, elle en portait cependant un sur elle, car les vêtements sur lesquels on avait découvert des taches étaient ceux qu'elle por- tait le jour précédent.

Le pantalon qu'elle avait sur elle était du genre de ceux que j'ai décrits: complète- ment fermé et boutonné sur les côtés.

— Baissez son pantalon, dit Miss Sinclair, et couchez-là en travers sur vos genoux, Mistress Rumple.

L'intendante se mit en devoir d'obéir, elle s'assit
sur une des chaises de la cuisine, et le derrière
de Miss Clayton, un gros derrière ridicule fût bientôt
mis à nu.

Mistress Rumble saisit la petite à la taille, la
coucha sur ses genoux et lui tint solidement les
cuisses tandis qu'avec une jambe elle maintenait
les pieds de la victime.

Miss Clayton était ainsi comme dans un étau.

— C'est ainsi que je tenais mes filles quand
mon mari les fouettait, expliqua plus tard Mistress
Rumble à Mistress Claver, la cuisinière.

— Seigneur! Mon Dieu! pensait-elle, c'est ainsi
qu'il traitait souvent ma Polly, même quand elle fût
une grande fille, presque une femme, pour la punir
de courir le guilledou.

Mais il n'oubliait pas de se montrer galant à
l'excès avec moi, après de telles scènes.

Ah le pauvre chéri! pauvre chéri!

Ainsi pensait Mistress Rumble que j'ai laissé,
maintenant solidement la vilaine petite Clayton sur
ses genoux, tandis qu'une grêle de coups s'abattaient
sur le derrière de la dite demoiselle.

La serviette roulée et tordue dont se servait Miss
Sinclair était humide, si bien que chaque coup
marquait et que le derrière de Miss Clayton res-
sembla bientôt à un gril.

— Vous feriez mieux de frapper de l'autre côté,
Madame, fit observer Mistress Rumble au moment
où le douzième coup s'abattait.

— Que voulez-vous dire? dit Mistress Sinclair s'arrêtant un instant.

— Je veux vous dire que vous devriez vous mettre, non pas derrière elle, mais à son côté. Autrement vous pourriez lui couper la peau et lui faire des blessures qui s'envenimeraient.

Comprenant la justesse de ce conseil, la directrice vint se mettre à droite de la petite et les coups recommencèrent à pleuvoir. Les marques se dessinèrent dans un autre sens, formant un quadrillé curieux.

Combien de temps aurait duré ce divertissement,
c'est ce qu'il est difficile de dire si un dénouement
subit et imprévu n'eut eu lieu. Miss Clayton dont
la frayeur et l'angoisse étaient à son comble,
manifesta ses sentiments d'une si singulière façon
que le tablier de Mistress Rumble en fût endommagé
sérieusement.

— Oh! l'ignoble, l'ignoble et répugnante créature, s'écria la directrice dégoûtée et, de toutes ses
forces, elle lui appliqua un dernier et terrible coup.

— Emportez-la, Mistress Rumble, donnez-lui
un bain, et fouettez-la encore si vous voulez. Je ne
veux plus toucher à cette petite bête répugnante.

Mistress Rumble fit observer avec déférence «qu'il
ne lui plaisait pas beaucoup de taper sur le derrière
d'une petite folle» et cependant, quand elle eut donné
à Miss Clayton un bain chaud et qu'elle l'eut essuyée
avec une serviette rude — ce qui eut pour effet de
la faire crier prodigieusement — l'intendante se
laissa séduire par cette idée d'user du pouvoir que
venait de lui répartir la maîtresse de *Verbena-House*,
et prenant l'enfant, enfin nettoyée et complètement
nue sur ses genoux, elle lui administra une douzaine de solides coups avec la brosse à friction.

Clayton, hurlant désespérément, menaça d'écrire
à son papa, un baronnet du Yorkshire.

La brosse ne s'en abattit que de plus belle sur
la petite croupe, jusqu'à ce que Clayton demandât
grâce, et lâchée enfin par Mistress Rumble, prit son
pantalon qu'elle ne salit plus.

Ce furent les deux punitions les plus sévères qu'infligea la directrice de *Verbena-House*, et dans aucun cas, comme on l'a vu, le châtiment ne fut infligé d'une manière délibérée et solennelle. Avec Miss Gallick comme avec Miss Clayton, la maîtresse avait agi, emportée par la fièvre du moment ou par la colère ; ces deux punitions avaient toutefois atteint leur but et corrigé sérieusement les deux élèves.

On en a assez dit cependant pour montrer que Miss Sinclair n'avait jamais à aucun moment montré les tendances d'une «maîtresse fouetteuse» ; je doute d'ailleurs qu'il existe de telles femmes, sauf en de certains cas bien cachés où de ci-devant prêtresses de Cythère en arrivent à s'introduire dans les pensions de jeunes filles et à les fouetter sous le moindre prétexte, pour le grand plaisir des amateurs dissimulés derrière des tentures ou savourant ce spectacle, l'œil collé contre de petits trous percés dans la porte. *Ceci est un livre de bonne foi*, lecteur, comme dit le vieux Montaigne.

Je ne raconte pas un roman, mais une histoire véridique et dans tout le cours de ce récit consacré à une certaine Miss Bellasis, je n'aurai que très rarement besoin de faire appel à mon imagination. D'un autre côté, je ferai remarquer que la plus grande partie des racontars sur la flagellation dans les écoles de filles, racontars qui remplissent les colonnes de certains journaux et de quelques revues, sont de pure fantaisie, inventés à plaisir.

Telles sont, j'en suis certain, les trois quarts des questions et des réponses insérées dans les derniers numéros de *Englishwoman's Domestic Magazine*.

Toutefois, je ne voudrais pas que vous supposiez que les petites filles ne sont jamais flagellées à l'école. Elles le sont, et cela, vigoureusement et fréquemment, sur le derrière.

L'étude du phénomène de la flagellation a été mon occupation constante, et je n'ai presque jamais causé avec une femme de quelque classe que ce soit, qui n'ait fini par m'avouer qu'à une certaine période de sa vie, elle avait été flagellée ou fouettée d'une manière indécente, soit dans sa famille, soit à l'école.

Il est aussi bien peu de maîtresses d'écoles qui n'aient occasionnellement recours à ce genre de punition et beaucoup sont très amateurs d'un tel exercice, mais elles gardent généralement le plus grand secret sur ces exécutions et ne songeraient aucunement à en faire part au public par la voie de la presse.

Une chambre à coucher bien close est ordinairement la scène de ces mystères d'Eleusis et la patiente garde aussi jalousement le secret que l'exécutrice.

Quand une maîtresse fouette, je crois qu'elle fait usage d'un jonc, d'une cravache, probablement en gutta-percha, d'une courroie ou d'une corde beaucoup plus souvent qu'une verge, pour cette simple raison qu'il est très difficile d'en trouver et

que la honte retient les maîtresses d'école d'envoyer
leurs domestiques faire emplette de cet article.

Je pense n'avoir rien caché, n'avoir fait aucune
malicieuse supposition au sujet de la discipline
dans l'école de Miss Sinclair.

Cette dame a pu fouetter, et a fouetté dans certaines occasions comme les neuf dixièmes de ses
sœurs en professorat; mais elle n'avait jamais paru
être une fouetteuse et à un commissaire-enquêteur,
lui envoyant un bulletin à remplir, elle aurait sans
doute retourné son bulletin sans réponse à la
question : « Quelles sont les punitions dont vous
faites usage? » ou peut-être aurait écrit cette phrase
discrète : « Celle que je considère comme propor-
tionnée à la faute. »

A *Verbena-House*, il n'y avait pas de verge et
encore moins de canne.

Il n'y avait ni chambre pour la flagellation, ni
cheval, ni bloc.

Une maman soupçonneuse avant de confier sa
fille chez Miss Sinclair aurait pu lui demander :
« Dites-moi, Madame, fouette-t-on dans votre école? »

Elle se serait attiré cette réponse : « Je ne pense
pas qu'une jeune fille que j'admets chez moi fasse
jamais quoi que ce soit qui mérite le fouet; mais si
elle le faisait, je prendrais assurément conseil de
de ses parents avant de recourir aux moyens
extrêmes. »

La majorité des mères se serait satisfaite de
cette réponse, mais à celles qui poussaient la

question plus loin, Miss Sinclair disait : « Puis-je vous demander si vous désapprouvez le châtiment corporel dans n'importe quelle circonstance ? »

Si la maman disait « oui », Miss Sinclair se hâtait de lui donner l'assurance que tant que son enfant demeurerait à *Verbena-House* on ne lèverait pas sur elle un seul doigt; et cette promesse une fois faite, était scrupuleusement tenue.

Il arrivait cependant que des parents admettaient franchement que leur fille était très difficile à conduire et qu'une bonne fessée de temps à autre lui ferait du bien.

La directrice avait alors une réponse toute prête : « Nous verrons, chère madame, disait-elle, nous verrons et nous ferons pour le mieux. »

Pour Miss Garrick, la pugiliste, et Miss Clayton, la petite malpropre, leurs mères avaient déclaré qu'une fessée ne leur ferait pas de mal, et Miss Sinclair, on l'a vu, avait mis à profit cette autorisation.

Avec les jeunes filles plus âgées, je veux dire avec celles qui portaient de longues robes, les élèves de quatorze à seize ans, elle n'avait jamais été plus loin qu'une tape sur les oreilles ou sur les épaules.

Mais ici je m'avance peut-être beaucoup.

Plusieurs de ces jeunes filles se livraient à des exercices d'équitation, et Miss Sinclair, amazone accomplie, les accompagnait toujours, car les professeurs de Brighton avaient une assez mauvaise réputation.

Un jour, elle fit dire à Miss Talbot, une élégante jeune fille de seize ans obstinée et volontaire, qu'elle avait l'intention d'aller courir avec elle à cheval sur la grève et qu'elle la priait de monter et de se vêtir.

Il était à peu près onze heures du matin, les chevaux étaient arrivés de l'écurie de Wigdon et attendaient à la porte.

La toilette de Miss Sinclair fut bientôt achevée et vraiment elle avait fort grand air dans son amazone d'un bleu sombre qui laissait un peu dépasser le bout de fins souliers vernis; elle tenait à la main une cravache en cuir rouge.

Elle avait un pantalon de cheval en cuir de chamois.

Ceux qui connaissent ce genre de vêtement trouveront avec moi que rien ne convient moins à une femme modeste.

Les pantalons qu'elles portent ordinairement n'ont pas les inconvénients de ceux-ci, ils sont fendus et quand elles s'assoient, s'ouvrent d'eux-mêmes.

Mais les pantalons de cheval n'ont point une telle commodité.

Il faut d'abord pour les confectionner, prendre des mesures, ce qui n'est pas déjà très convenable ; les mesures en effet sont bien prises par une femme, mais ce sont des hommes qui taillent souvent et assemblent et l'essayage est fait par eux.

Or, il faut qu'il soit parfaitement ajusté et collant et l'on voit à quel contact s'expose la femme.

Le contact, on le sait, est le plus grand ennemi de la chasteté de la femme.

Qu'elle porte des vêtements amples et son tempérament restera calme.

Les religieuses ne portent point de pantalons.

Les paysannes qui sont, en somme, assez chastes, n'en portent pas non plus, et quand elles se penchent, on voit leurs cuisses nues par dessus leurs bas sans jarretières.

Au contraire, toutes les femmes de plaisir — professionnelles ou autrement — portent des pantalons et les plus élégants qui soient, tandis que la vieille fille prude, les plus hideux possible et souvent n'en a pas.

Je connais une dame qui non seulement ne veut pas de ce vêtement pour elle, mais encore ne permet pas à ses filles d'en porter.

— C'est immodeste, dit-elle.

Cela rapproche la femme par un certain côté du sexe contraire.

Quand le pantalon est fait de toile et fendu, il est ainsi féminisé, si je puis dire, à un point qui neutralise les dangers auxquels je fais allusion, aussi ne puis-je m'empêcher de trouver des plus suggestifs le spectacle qui m'est parfois offert quand je regarde des fenêtres d'un wagon les jardins de banlieue et que je vois, flottant au vent ou étalés sur le gazon les linges blancs des femmes que mon imagination remplit.

Et je pense alors, s'ils pouvaient causer, ils revéleraient bien des mystères comme « le chêne qui parle » de Tennyson.

Une dame revêtant un pantalon de cheval, consciemment ou inconsciemment se masculinise.

Elle s'expose à un contact périlleux pour sa vertu.

Que les grâces restent nues ou ne revêtent que des draperies flottantes et elles seront aussi chastes que Suzanne.

Donnez-leur des pantalons serrés et elles seront près de la chute.

Si Diane avait porté de tels accoutrements, elle ne se serait pas conduite si sauvagement avec ce pauvre Actéon.

Croyez cependant que malgré tout, notre maîtresse d'école de Brighton était chaste ou du moins l'avait été jusqu'à présent.

Toute femme est chaste corporellement jusqu'à ce qu'elle éprouve certains contacts.

Mais cette grosse digression nous a entraîné loin de Miss Sinclair que nous avons laissée attendant son élève.

Or, celle-ci était loin de goûter ce jour-là la récréation que Miss Sinclair lui proposait.

Elle s'était procurée en contrebande par l'entremise du petit groom un exemplaire de *Guy Livingstone* et avait élaboré tout un plan machiavélique pour rester à l'école et déguster son livre, tandis que Miss Sinclair irait seule galoper sur la plage.

IV

Miss Cope était du complot, elle devait lui venir en aide pour le mener à bien ; car, si prompte que fut cette gouvernante à dénoncer les méfaits des pensionnaires, elle ne laissait pas d'accepter assez facilement d'être de connivence avec celles qui lui payaient sa discrétion.

Miss Talbot avait la poche bien garnie et nombreux étaient les cinq shillings, voire les demi-souverains qui tombaient de ses mains dans la bourse de la vénale Miss Cope.

Donc, la jeune et capricieuse élève, sans prendre garde à l'ordre qui lui avait été donné de se vêtir pour la promenade s'était commodément assise près de son lit, dégustant furtivement quelques pages de *Guy Livingstone,* délicieuse prose, dangereuse autant qu'exquise.

De temps en temps, quand elle croyait entendre du bruit, elle cachait le livre sous le matelas et jouait d'un air ingénu avec ses nattes.

Enfin, elle se leva, retira sa robe et ses jupons et nonchalamment enfila son pantalon de chamois.

Mais cet effort lui avait sans doute causé bien de la fatigue, car elle ne prit même pas la peine de le boutonner et continua son livre.

Une demi-heure au moins s'était écoulée depuis qu'elle avait reçu l'ordre de s'habiller.

Enfin, perdant patience, Miss Sinclair finit par monter pour voir ce qui se passait. Elle savait à quels caprices était sujette son élève. Relevant le pan de sa longue robe sur son bras, elle gravit

les escaliers et se rendit à la «Chambre 4», celle
où Miss Talbot avait son lit et frappa à la porte avec
le manche de sa cravache; cette cravache était
assez longue, un peu forte pour l'usage d'une
dame, finissant en pointe, et ayant un manche
d'ambre.

— Miriam, dit-elle... Miss Talbot, êtes-vous
prête ? Quel temps vous mettez à vous habiller,
ma chère.

Ne recevant pas de réponse, Miss Sinclair entra
dans la chambre, armée de pied en cap et fut
aussi étonnée que vexée de trouver Miss Talbot à
demi vêtue, assise, et la regardant d'un air peu
satisfait.

Le rouge de la colère monta aux joues de Miss
Sinclair; elle fronça le sourcil et se pinça les lèvres
d'un air menaçant.

— Qu'est-ce que cela signifie? Pourquoi n'êtes-
vous pas prête? Pensez-vous que ce soit respectueux
de faire attendre votre directrice qui se morfond
depuis plus d'une demi-heure?

— Je n'ai bas besoin d'aller à cheval, répondit
Miriam d'un ton traînard et presque insolent; je
suis fatiguée, veuillez me laisser seule.

— Êtes-vous souffrante? demanda la directrice.

— Non, madame.

— Alors, habillez-vous tout de suite, Mademoiselle.

— Je n'y tiens pas. Mon père m'a bien dit de
ne monter à cheval que quand cela me plairait.

— Votre père, réplique Miss Sinclair, tourmentant nerveusement le manche de sa cravache et fouettant doucement sa robe d'un air qui ne présageait rien de bon, votre père vous a dit d'être docile et obéissante, et non de montrer de la révolte et de l'insolence. Assez là-dessus. Prenez votre habit à l'instant même.

Miriam Talbot fixa sur sa gouvernante des yeux endormis, bâillant, mais ne bougeant pas.

— M'entendez-vous, cria Miss Sinclair.

Pas de réponse.

— Alors, prenez ceci!

Et la jolie main, la main fine et potelée d'Emily Sinclair — vous ai-je dit qu'elle s'appelait Emily? — se leva, la cravache siffla dans l'air, et s'abattit d'un coup sur les épaules nues de Miss Talbot.

— Aïe! aïe! s'écria la jolie mutine qui se dressa sur ses pieds. Elle leva son bras pour se préserver de nouveaux coups. Mais ces nouveaux coups tombèrent, deux, trois, quatre, cinq, six vigoureux coups. Deux la frappèrent sur son corset, sans lui faire de mal. Le dernier coup l'atteignit dans le dos, car la jeune fille subitement domptée s'était laissée tomber sur le lit, la tête dans les mains et criant à faire pitié.

— En avez-vous assez? lui demanda Miss Sinclair, me désobéirez-vous encore?

— Oh! non, madame; non... ma...dame! balbutia Miriam; ne me fouettez plus!

— Je ne vous ai pas fouettée, répondit la directrice dont les yeux brillaient d'un feu étrange. Je

vous ai simplement donné un avant-goût de ce qui
vous attend si vous vous obstinez. Et je vous
avertis que si vous ne vous levez pas à l'instant
pour vous habiller, je vous retirerai votre pantalon et vous donnerai la plus sonore fessée qu'il
vous soit possible de recevoir.

Ceci fut dit d'un ton si décidé, et il y avait dans
ses yeux et sur ses lèvres un tel air de menace que
Miss Talbot fut convaincue que Miss Sinclair ne
se gênerait pas pour exécuter sa promesse. Les
coups qu'elle avait reçus lui causaient une douleur
assez vive, mais elle sentait bien que s'il lui fallait
en recevoir sur une autre partie plus charnue de sa
personne, elle trouverait cela intolérable.

— Sauvons-nous au moins de ce côté-là, dit-elle.
Et elle essuya ses larmes, se bassina d'eau fraîche
le visage et en cinq minutes fut habillée.

Bien sorcier eut été celui qui se promenant
à Marine-Parade ce jour-là et rencontrant la belle
maîtresse et son élève galopant avec grâce, suivies
d'un groom à cheval, aurait deviné qu'un quart
d'heure avant la jolie sylphide criait, demi-nue,
blottie, sous le cinglement de la cravache.

Quand je rencontre dans la rue de charmantes
jeunes filles, je me demande souvent si, sous la
soie, les rubans, les dentelles, ne se cachent pas les
traces récentes d'une verge, d'un fouet ou d'une
canne.

Qui sait? Parce qu'une jeune dame a été fouettée
le matin, ce n'est pas une raison pour qu'elle

n'aille pas se promener l'après-midi dans Regent-
Street.

J'ai souvent eu à mon bras une jeune dame,
vêtue à la dernière mode qui excitait, je le dis avec
fierté, l'admiration des dandys flânant dans Bur-
lington Arcade, et cette jeune dame, quelques
minutes avant sa promenade, avait été solidement
attachée par moi à un fauteuil et fustigée avec art.
Les dandys dont je parle ne pouvaient guère le
soupçonner, à voir la grâce et l'aisance de sa
démarche.

— Il est heureux pour vous, Miriam, dit tout à
coup Miss Sinclair avec une gravité ironique, comme
ils approchaient du Steyne, que je n'ai pas eu à
exécuter ma mesure. Vous auriez monté à cheval
quand même et vous devez vous imaginer combien
ma cravache vous aurait peu préparée à cet exercice.

— Je vous en prie, répondit Miriam toute
rougissante, ne parlez plus de cela.

C'était une bonne nature et elle ne gardait pas
rancune à sa maîtresse.

— J'ai été, lui dit-elle, obstinée et méchante et
si vous m'aviez fouettée comme vous m'en aviez
menacée, je n'aurais eu que ce que je méritais.
Mais vous ne direz rien à mes camarades, n'est-ce
pas?

— Pas un mot, répondit Miss Sinclair; ce qui
est passé est passé.

Mais vous vous souviendrez de ma cravache, je
crois.

— Oui, oui, Madame, répliqua la belle aux longs cheveux, en haussant les épaules.

Patient lecteur, rassure-toi; nous sommes arrivés au terme de toutes ces digressions, car c'est de ce jour où le maniement de la cravache avait été si cruel pour Miss Talbot, que le sort avait choisi pour faire de Miss Sinclair une flagellomane décidée et experte.

Quand la directrice et son élève rentrèrent à *Verbena-House*, elles trouvèrent la pension toute bouleversée.

Les domestiques couraient çà et là, et les voix des jeunes filles, malgré la règle du silence imposée pendant les heures d'études, s'entendaient de tous côtés, mêlées aux objurgations des gouvernantes.

Fort heureusement, c'était un mercredi, et aucun des professeurs étrangers étaient présents pour assister à ce tumulte. Miss Sinclair, surprise d'un tel tapage, pénétra, sans prendre la peine de se dévêtir, dans la principale classe, une pièce très longue et haute de plafond ouvrant sur le jardin, et pouvant contenir les cinquante élèves.

Dans cette pièce, la plus vaste de la pension, on lisait chaque jour les prières; c'est là qu'avaient lieu les examens et qu'on réunissait les élèves quand on devait adresser publiquement à l'une ou plusieurs d'entre elles une réprimande solennelle.

Se dirigeant vers une sorte de chair située à l'extrémité de la pièce, Miss Sinclair y monta et commença par rétablir l'ordre, d'abord en agitant une petite clochette, ensuite en frappant de sa cravache sur le pupitre.

— Mesdemoiselles, à vos places; Mesdames les gouvernantes, à vos pupitres! cria-t-elle d'un ton de commandement.

Elle fut obéie de suite. Les élèves gagnèrent leur place en silence.

Miss Everard alla s'installer à son pupitre placé sur la même ligne que la chaire de la directrice, mais un peu plus bas.

Mademoiselle de la Tourelle et Fraulein Scrobbs avaient leurs pupitres à l'autre bout de la pièce et Miss Cope avait le sien près de la porte.

— Quelles sont les absentes? demanda Miss Sinclair, en jetant les yeux autour d'elle.

— Personne, répondit Miss Everard, si ce n'est Miss Talbot qui est en train de se déshabiller et la petite Marian Escott à laquelle vous vous en souvenez, Miss Sinclair, vous avez permis de se rendre chez Mr. Tegg, le dentiste.

La pauvre enfant a souffert horriblement du mal de dents, la nuit dernière, et il est absolument nécessaire de lui arracher la dent qui la fait souffrir.

— Je m'en souviens, répondit Miss Sinclair; maintenant Miss Everard, voulez-vous avoir la bonté de me dire quelle est la cause du trouble extraordinaire dans lequel j'ai trouvé tout le monde?

— Je suis désolée d'avoir à vous apprendre, Madame, qu'il y a une voleuse dans votre établissement.

— Une voleuse! répéta Miss Sinclair effrayée.

— Une voleuse! oui, Madame, dit solennellement Miss Everard. Deux des doublons en or de Miss Montis ont été pris dans son pupitre.

Cette Miss Montis était la créole de Cuba dont j'ai parlé plus haut; c'était la fille d'un traitant et planteur de sucre de Matanzas, immensément riche. Elle avait quinze ans, était très belle, d'un caractère charmant, mais d'une paresse inouïe. Les instructions qu'avait reçues à son sujet Miss Sinclair étaient très explicites, mais très simples. Elle devait la laisser faire tout ce qui lui plaisait. Miss Montis jouissait donc d'une liberté très grande, mais elle ne causait aucun trouble. Elle n'avait qu'une passion : celle des friandises qu'elle aimait autant que si elle eut eu cinq ans. C'était la naïveté et l'innocence même.

Le gardien et le banquier de cette enfant était un petit gentilhomme espagnol qui tenait un bureau dans Mincing Lane, à Londres.

Señor Cortès y Alfalfa, c'était son nom, demeurait dans un élégant « boarding house » de Harley-Street, où il payait pour sa pension cinq guinées par semaine. Il y passait ses loisirs à filer le parfait amour, plus ou moins platoniquement avec les femmes veuves ou célibataires qui occupaient l'hôtel.

Si l'on s'y prend convenablement, il y a toujours pour les galants, quelque intrigue à nouer et à dénouer dans un « boarding-house » de première classe.

Señor Cortès y Alfalfa venait fréquemment à Brighton, où il restait du samedi au lundi. Il prenait avec lui sa nièce, l'emmenait dans une voiture découverte pour lui faire faire la promenade, ou la traitait royalement dans un restaurant de choix. Miss Sinclair était quelquefois de la partie. Il arriva même qu'au sortir d'une de ces agapes, la Directrice rentra chez elle, grisée par le champagne qu'elle avait bu à flots. Heureusement, il faisait déjà nuit, et personne ne la vit, si ce n'est Dorothée, la femme de chambre de confiance, qui fit la grimace en la voyant dans cet état. Elle se coucha de suite pour se lever le lendemain matin avec un affreux mal de tête.

Señor Cortès y Alfalfa trouvait le moyen de combiner le plaisir avec les affaires, quand il venait à Londres sur mer. Il ne manquait jamais de rendre visite à l'une de ces maisons discrètes qui font l'ornement de certaines rues de la ville. Il fournissait sans cesse Miss Montis — Dolorès de son prénom — d'argent de poche, lui en donnant beaucoup plus, certainement, qu'elle n'en avait besoin, et parmi les cadeaux qu'il lui faisait — cadeaux qu'il n'oubliait pas, bien entendn, de porter au compte du planteur de Matanzas — il y avait toujours un certain nombre d'*onces* d'or de doublons, valant bien trois ou quatre livres la pièce.

Pour la jeune et riche pensionnaire, ces pièces lui servaient plutôt à jouer, mais quand elle découvrit, ce matin même où Miss Sinclair et Miriam

Talbot faisaient leur promenade, que deux de ses
doublons manquait à une pile de onze qu'elle tenait
enfermée dans son pupitre, elle jeta les hauts cris.
Elle n'aurait pu dire si son pupitre était ou non
fermé au moment du vol. Tout ce qu'elle pouvait
affirmer, c'est qu'elle avait compté ses doublons la
veille au soir et que maintenant il en manquait deux.

— Quelqu'un peut-il donner des renseignements
sur cette affaire, sur cette regrettable et honteuse
affaire ? demanda Miss Sinclair d'une voix impé-
rieuse.

Personne ne répondit.

Indignée, la directrice s'écria :

— Je fouetterai toutes les élèves de l'école,
grandes ou petites — un frémissement courut à travers l'assemblée — jusqu'à ce que j'ai découvert la
vérité... Vous m'entendez, Mesdemoiselles, je vous
fouetterai l'une après l'autre, avec cette cravache —
et elle en donna un coup sec sur le pupitre —
jusqu'à ce que la vraie coupable soit découverte.
Mais je ne désire pas que l'innocent souffre pour le
coupable. Je serais désolée d'avoir à arracher un
aveu par la torture. Il n'y a qu'une élève ici qui
mérite le fouet, et c'est la voleuse. Qu'elle se lève.

Une voix murmura :

— Les domestiques.

— Ah! oui; les domestiques, dit Miss Sinclair.
Je les oubliais. Naturellement on les interrogera,
bien que je sois très vexée à la pensée qu'on pourra
trouver le voleur parmi eux.

On ne peut fouetter un domestique convaincu de larcin.

On l'envoie à la police qui se charge de sa punition.

— Laissez-moi vous dire, Madame, interrompit Miss Everard, que désirant vous épargner une besogne bien désagréable, j'ai pris sur moi, aussitôt le vol constaté, d'interroger les domestiques et assistée par Mistress Rumble de fouiller dans leurs chambres.

Nous n'avons rien trouvé qui put jeter le moindre soupçon sur leur honnêteté. J'espère qu'en me livrant à cette enquête je n'ai pas outrepassé mon droit.

— Vous avez parfaitement agi, ma chère Miss Everard, répondit la directrice. Je suis bien triste d'avoir à trouver une voleuse parmi mes élèves, mais enfin, celle qui a commis cette mauvaise action est une enfant qui n'a pas conscience de l'étendue de sa faute.

Si j'avais été obligée de poursuivre, c'eût été pour moi bien douloureux.

— Et j'espère, Madame, poursuivit la maîtresse en chef, du même ton grave que tout à l'heure, qu'aucune de vos gouvernantes n'est soupçonnée.

— Vous plaisantez, Miss Everard. J'ai toujours eu, et j'aurai toujours la plus grande confiance en votre probité.

La criminelle, je le devine, est assise en ce moment devant nous et je ne quitterai pas la salle avant de l'avoir découverte.

Gouvernantes et élèves, quelqu'un a-t-il soupçon sur une des personnes qui sont ici?

Alors on vit se lever, à l'extrêmité de la pièce, Miss Cope.

— Moi, dit-elle froidement.

— Vous soupçonnez quelqu'un, Miss Cope?

— Oui, Madame.

— Et quelle est la personne que vous soupçonnez?

— Miss Catherine Bellassis.

Et, cette dénonciation faite, Miss Cope s'assit, l'œil courroucé, haineux.

Miss Catherine Bellassis. Quoi! Cette fille de plus de dix-sept ans; la plus grande fille de l'école et si belle que Miss Sinclair, bien que peinée d'avoir à se séparer d'une élève qui faisait par sa figure tant d'honneur à la maison, avait écrit à ses parents que leur fille ayant atteint l'âge où l'on ne pouvait plus la garder à *Verbena-House*, ils devaient venir la rechercher.

Son père, M. Bellassis, était un avocat très réputé.

Sa mère était Lady Catherine Bellassis, une fille du comte d'Irvine.

Kate était la Belle de l'école, brillante, accomplie, spirituelle, mais orgueilleuse; on la stygmatisait du nom de voleuse! Horreur!

— Voulez vous me dire quelles sont vos raisons, Miss Cope, dit la directrice, pour porter cette accusation extraordinaire contre une jeune fille qui a été jusqu'ici l'ornement et l'honneur de la maison.

Miss Cope comprit quel était le vrai sens de cette invitation :

— Si vous ne nous donnez pas la preuve, vous serez chassée.

— Mes preuves, répondit-elle cependant avec calme, sont très simples à énumérer.

J'ai vu Miss Bellassis, hier, à dix heures du soir, un moment avant le coucher des grandes, ouvrir le pupitre de Miss Montis et y prendre quelque chose.

J'ai entendu un bruit métallique.

Ce que j'ai vu et ce que je viens de dire, je suis prête à le répéter sous la foi du serment devant un tribunal.

— C'est un mensonge, cria Kate Bellassis, qui bondit sur son siège.

— Silence! tonna Miss Sinclair. Miss Cope, ne vous êtes-vous pas trompée.

— Je ne puis m'être trompée.

J'ai vu Miss Bellassis ouvrir le pupitre.

Elle a pris quelque chose et ce qu'elle a pris avait le son de pièces de monnaie.

— Il faut deux témoignages, je pense, pour prouver un délit, observa la Directrice. Nous n'en avons qu'un seul encore. En tous cas, il est juste d'interroger l'accusée pour qu'elle se défende. Miss Bellassis, êtes-vous coupable d'une chose aussi indigne?

— Moi, Miss Sinclair, répondit Kate indignée. Comment pouvez-vous me demander cela? Est-ce que j'ai l'air d'une voleuse?

— Elle en a certainement l'air, murmura Miss Cope entre ses dents. Elle est blanche comme une feuille. Je veux être fouettée jusqu'au sang, si ce n'est pas elle qui a volé les doublons.

— Kate Bellassis, continua la Directrice, avec une voix plus solennelle que jamais, voulez-vous jurer, comme une élève de notre école, comme une véritable Anglaise, que vous ne savez rien sur cette affaire.

Miss Bellassis n'hésita pas une minute.

— Je le jure, dit-elle.

— Alors Miss Cope a fait un faux témoignage.

— Je ne dis pas cela, mais elle peut s'être trompée.

— Je ne me suis pas trompée, menteuse et coquine, cria Miss Cope avec emportement.

— Je vous prie d'être calme, Miss Cope, interrompit la Directrice. Nous ne devons pas ici employer de tels mots. Une accusation de nature scandaleuse a été portée contre Miss Bellassis. Elle a solennellement donné sa parole d'honneur qu'elle est innocente et jusqu'à ce jour, de cette parole, personne n'a eu de raison de douter. Je dois chercher ailleurs la coupable, et si elle est présente, je lui offre une dernière chance de salut. Si elle s'accuse de suite, je promets que je ne la fouetterai pas. Je n'ai pas besoin de fouetter personne. Vous savez que de tels châtiments ne sont pas d'usage dans notre école. J'ai en horreur cette idée de gouverner mes élèves par les coups. Maintenant, vous avez ma promesse. La jeune fille qui avouera sera, bien entendue, punie, mais je puis l'assurer que sa punition ne sera, ni sévère, ni dégradante. Je ne la chasserai pas. Je n'instruirai même pas les parents de sa faute. Que puis-je dire de plus, Mesdemoiselles?

Assurément, Miss Sinclair n'en pouvait dire davantage et cependant son discours ne produisit pas l'effet attendu. Personne ne se leva. Cinq minutes s'écoulèrent dans un silence de mort.

— Le temps de la clémence est passé, s'écria alors la Directrice d'une voix terrible. Sachez que j'irai jusqu'au bout pour approfondir ce mystère et que celle qui est coupable, quand je l'aurai découverte, sera punie par moi, qu'elle soit petite ou grande, jusqu'à ce que je tombe de fatigue. Appelez les domestiques. Toutes les élèves vont être déshabillées et fouettées.

v

— La voilà plus pâle que jamais, murmura Miss Cope, en regardant Kate Bellassis.

— Voulez-vous me permettre de vous suggérer, Miss Sinclair, fit observer la première gouvernante, qu'avant de procéder à ce qui peut être regardé comme nécessaire, c'est-à-dire une inspection individuelle, il serait aussi bien de faire une minutieuse recherche dans tous les pupitres et boîtes de travail de ces demoiselles.

— Je vous remercie de cette suggestion, répondit Miss Sinclair; je vais m'y conformer de suite.

Elle sonna une domestique, et dès que celle-ci parut, elle lui ordonna suivant le désir de Mistress Rumble, d'apporter avec l'aide de deux autres domestiques tous les pupitres et boîte de travail dans l'étude où tous étaient réunis.

Tandis qu'on exécutait ces ordres et que l'on rangeait à côté l'une de l'autre toutes les boîtes, Miss Cope qui n'avait pas cessé de surveiller Kate Bellassis, s'aperçut qu'elle montrait maintenant un visage plus tranquille, qu'elle reprenait bonne contenance et paraissait même tout à fait soulagée.

— Vous avez dû faire quelque diablerie, mademoiselle; mais j'en viendrai à bout ou j'y perdrai mon nom, se dit alors à elle-même la sous-maîtresse.

Les piles de boîtes étant au complet, chaque jeune fille, en commençant par les plus âgées, fut priée à son tour de donner ses clefs et le contenu de chaque boîte fut minutieusement examiné par Miss Sinclair, assistée par Miss Everard.

Déjà les boîtes de vingt élèves avaient été fouil-
lées de fond en comble et aucune trace des doublons
n'avait été relevée.

Plus d'un objet suspect, cependant, apparut à la
grande confusion de sa propriétaire. Parmi les
mille petits riens que l'on trouve toujours dans ce
cas, lettres, rubans, billets de la Saint-Valentin, jarretières brisées, fleurs fanées, gants jaunis, des
objets furent saisis.

Dans le pupitre de Miss Mazeltine — elle avait
quatorze ans — on trouva une fiole à moitié pleine
d'un liquide incolore, qu'elle déclara être de l'eau
de Cologne, mais dont Miss Everard, l'ayant flairé,
trouva l'odeur bizarre.

Elle passa d'ailleurs la fiole à Miss Rumble.

— Dieu me pardonne, fit celle-ci, après avoir
longuement flairé la fiolle, c'est du gin.

— Du gin! Miss Sinclair fut véritablement cho-
quée et demeura perplexe.

Que pouvait faire cette petite fille d'une bouteille
de gin.

Son esprit était toutefois trop préoccupé pour
qu'elle put s'arrêter à ce détail.

Elle regarda avec un singulier sourire la jeune
alcoolique et murmurait un « nous verrons plus
tard », mit la bouteille de côté et ordonna de continuer les recherches.

On trouva encore bien des objets hétéroclites,
mais il y en eut un qui la fit bondir.

C'était un volume relié en rouge, aux tranches

dorées que l'on venait de découvrir
dans le pupitre de Miss Hatherton.

Miss Hatherton, fille
du vénérable archidia-
cre Hatherton, de Salt-
croos Marsh, Kent, était

presque aussi
âgée que Miss
Bellassis. Elle
avait seize ans
et demi et était
notée à l'école
pour l'austérité presque affectée de ses manières et
sa grande ferveur religieuse.

Seulement, le Révérend Arthur Philip Calvadon ne l'aimait pas, et avait plus d'une fois dit à Miss Sinclair qu'il considérait cette jeune fille comme une parfaite hypocrite.

— Où avez-vous eu ce livre? demanda Miss Sinclair, doucement, avec un calme apparent, mais tremblante d'une émotion contenue.

Il n'y eut pas de réponse.

Miss Hatherton devint alternativement très pâle, puis très rouge, elle mit son mouchoir sur ses yeux et ne répondit rien.

Les yeux de la Directrice se tournèrent machinalement vers la cravache restée sur le pupitre, mais elle se contint et dit à voix basse qu'elle questionnerait plus tard Miss Hatherton à ce sujet et donna l'ordre de continuer les recherches.

— Les voici! Les voici! s'écria tout à coup Miss Everard.

— Oui! les voici, en effet, s'écria à son tour Miss Sinclair, mais sur un ton plus affligé que courroucé.

Les fameux doublons étaient retrouvés. Et devinez où?

Dans la boîte de la petite Lucy Summerfield, une enfant de onze ans, le benjamin de toute l'école.

— Lucy, Lucy, dit la Directrice vraiment affectée.

Comment êtes-vous arrivée à commettre une aussi vilaine action?

Elle croisa les bras en prononçant ces paroles et fixa la petite d'un air chagrin.

Elle l'aimait comme d'ailleurs tout le monde l'aimait dans la maison, non seulement pour son charmant visage et ses gracieuses manières, mais aussi pour son bon naturel, son amabilité et sa simplicité.

C'était la fille d'un clergyman, un pauvre vicaire de campagne, parent éloigné de Miss Sinclair, qui avait pris la petite pour une pension minime et l'aurait même volontiers gardée pour rien.

Lucy éclata en sanglots.

— Je n'ai pas pris l'argent! Je ne l'ai pas pris, Madame, et je ne sais pas comment il est dans ma boîte.

— N'ajoutez pas le mensonge au vol, vilaine et méchante petite fille.

Lucy continua à pleurer et à protester de son innocence.

— Vous serez jugée par vos compagnes, mademoiselle, continua Miss Sinclair.

Lucy est-elle coupable ou non du vol? Que celles d'entre vous, mesdemoiselles, qui la croient coupable lèvent la main. Quarante-cinq mains se levèrent parmi lesquelles celle de Miss Bellasis.

— Maintenant, au tour de celles qui la croient innocente.

Trois mains seulement se levèrent pour affirmer l'innocence de la pauvre petite. Je suis bien aise de dire que l'une de ces trois charitables compagnes était Miss Montis.

— Je ne pense pas qu'elle ait pris mon argent, murmura la créole à sa voisine, Miss Talbot.

— Ni moi, répondit Miriam, qui, elle aussi, votait pour l'acquittement.

La troisième était Miss Gallick, la pugiliste.

— Elle n'a pas l'air d'une voleuse, disait cette robuste jeune personne.

Miss Escott, on s'en souvient, était encore absente en compagnie de Fraulein Schrobbs et se trouvait chez Mr. Tegg, le dentiste.

Le verdict prononcé parut ne pas du tout satisfaire Miss Sinclair. Elle prit un siège, passa ses mains sur son front, et, pendant quelques minutes, sembla plongée dans une profonde méditation. Enfin, elle se leva, prit sa cravache, et se tournant vers l'assemblée maintenant calme et anxieuse, elle dit :

— Vous avez entendu ce que j'ai dit au sujet de la coupable. Miss Summerfield a été convaincue avec la dernière évidence de l'acte le plus scandaleux de malhonnêteté et je vais la punir comme elle le mérite. Qu'aucune des élèves ne quitte sa place, si ce n'est pour un besoin urgent, jusqu'à mon retour. Marchez, Mademoiselle, et montez à ma chambre.

Ce dernier ordre fut adressé à la pauvre Lucy qui pleurait amèrement, mais qui n'essaya pas de renouveler ses protestations d'innocence. Elle sentait que rien ne pourrait plus la sauver et elle quitta la salle d'étude, suivie de la directrice tenant en main la cravache.

Plus d'une élève s'aperçut qu'il y avait des larmes sur les joues de Miss Sinclair.

Quand celle-ci passa devant Miss Cope, elle s'arrêta et lui dit sévèrement :

— En ce qui concerne la fausse accusation que vous avez portée contre Miss Bellasis, j'ignore dans quel dessein, nous aurons à causer ensemble, vous et moi, demain matin.

— Comme il vous plaira, Madame, répondit très calme la sous-maîtresse ; ce que j'ai vu, je l'ai vu, je suis prête à vous quitter, si vous l'ordonnez, sans avoir de reproche à me faire sur ma conduite. Les apparences, je l'admets, sont contre Miss Summerfield, mais rappelez-vous qu'on trouva la coupe dans le sac de Benjamin, Miss Sinclair.

— Argument rabattu, dit la directrice, et, dédaignant de causer plus longtemps avec sa subordonnée, elle se dirigea vers sa chambre.

Miss Cope haussa les épaules et se mit de nouveau à observer Kate Bellasis plus étroitement que jamais.

Il peut sembler étrange que Miss Cope montrât un tel désir d'éviter un châtiment à une coupable, elle dont les occupations étaient d'espionner et de dénoncer. Mais Miss Cope voulait une victime de plus grande importance que la pauvre petite Lucy Summerfield.

Elle se sentait comme un boa constrictor auquel on offrirait, après un long jeûne, un petit lapin. Miss Cope avait un estomac à digérer une chèvre.

Les élèves laissées à elles-mêmes avaient reçu l'ordre de ne pas bouger mais non celui de se taire, aussi leurs langues furent bientôt déliées et mille propos s'échangèrent touchant au sort probable de la petite Lucy.

— Que va lui faire Miss Sinclair? se demanda-t-on avidement de tous côtés.

— Ce qu'on va lui faire, dit Miss Gallick qui avait voté pour l'acquittement, mais elle va recevoir une fessée soignée et cela me fait bien de la peine pour elle, la pauvre petite! Elle va beaucoup souffrir.

A ce mot de fessée, on vit Miss Hatherton et et Miss Haseltine se remuer sur leurs bancs, mal à l'aise.

— Et vous en aurez, vous aussi, leur cria ce petit démon de Miss Gallick, ne vous y trompez pas, quand la pauvre Lucy aura reçu la sienne, et elle ajouta :

Qu'est-ce que c'était donc ce livre, dites, Fanny, que Miss Sinclair a trouvé dans votre boîte?

— Cela ne vous regarde pas, petite peste, répondit la fille de l'archidiacre. Vous êtes trop petite pour avoir le droit de vous montrer impertinente vis-à-vis de vos aînées. Et puis, je suis trop grande pour être fouettée.

— Ne soyez pas si sûre de cela, fit observer Miriam Talbot. Je ne pense pas que Miss Sinclair se préoccuperait beaucoup de l'âge quand elle aurait décidé de punir une élève.

— Je le dirai à mon père, si elle me fouette, s'écria Miss Hatherton.

Miss Haseltine ne dit rien, elle avait décidé de dire toute la vérité au sujet de la bouteille de gin.

— Je n'ai pas commis une bien grosse faute, pensait-elle, et si Miss Sinclair n'est pas trop en colère, j'en serai quitte pour un long sermon.

Pendant ce temps, la pauvre petite Lucy Summerfield était montée, comme elle en avait reçu l'ordre, à la chambre de la directrice.

Quand elles furent arrivées toutes les deux, Miss Sinclair referma la porte et lui ordonna de cesser ses plaintes, mais le son de sa voix démentait la rudesse affectée de ses paroles. A la vérité, elle était prête à éclater en sanglots comme son élève. Déjà, en se dirigeant vers sa chambre, elle s'était demandée comment elle pourrait accomplir sa pénible tâche.

Elle devait punir cette enfant, mais comment? Demanderait-elle à Miss Everard ou à Mistress Rumble de la fouetter? Non, elle recula devant une telle alternative. Elle craignait avec raison que la gouvernante ou l'intendante ne frappent trop sévèrement la pauvre mignonne. Comment la fouetterait-elle? Sur le dos? Les coups pourraient avoir un retentissement fâcheux dans la poitrine. En somme, le derrière était manifestement le seul endroit du corps sur lequel on pourrait la frapper sans dommage.

Elle posa sa cravache sur le lit, prit Lucy toute en larmes sur ses genoux et ne put se retenir de l'embrasser. Ce n'était pas un baiser de Judas. La fessée qui allait avoir lieu semblait à Miss Sinclair une douloureuse nécessité. Elle aurait volontiers souffert ce châtiment à la place de son élève, mais comment faire?

— Ma pauvre petite malheureuse, dit-elle, vous voyez dans quelle triste situation vous m'avez mise, ainsi que vous. Vous avez été convaincue de vol et cela devant toutes vos compagnes. Pourquoi n'avoir pas avoué votre faute alors qu'il en était temps encore?

— Si j'avais avoué, Madame, répondit Lucy regardant bien en face sa maîtresse, bien qu'avec des yeux remplis de larmes, j'aurais été tout de même accusée de vol et méprisée. Mais je n'ai pas volé les pièces d'or et je ne sais comment elles se sont trouvées dans ma boîte.

Miss Sinclair hocha la tête d'un air triste.

— Elle s'obstine dans sa méchanceté, pensait-elle; il faut que je la fouette. Accomplissons donc notre horrible tâche.

Mais au moment de commencer, elle se sentit prise d'une sorte de terreur. Elle se leva, fit sonner un timbre et pria Dorothée, qui se présenta de suite, d'aller chercher Mistress Rumble.

— Mistress Rumble, dit-elle à l'intendante dès qu'elle parut, je vais donner à cette méchante petite fille une sévère fessée, mais je ne pense pas qu'une cravache puisse me servir pour une enfant de cet âge?

Avez-vous quelque chose qui puisse être em-
ployé à la place?

— Je puis envoyer chercher une badine, répondit Mistress Rumble; mais, j'y pense, il y a justement ici une petite verge dont James se sert
pour battre vos habits.

— Apportez-la moi, s'il vous plaît.

Mistress Rumble revint bientôt ayant en mains
la petite verge en question.

— Voulez-vous rester ici pour assister à la
punition?

— Avec plaisir, Madame, ou plutôt, disons : pour
vous faire plaisir, car je n'ai jamais eu tant de
chagrin.

La Directrice regarda avec sympathie Mistress
Rumble et vit que des larmes emplissaient ses yeux.

— Ne frappez pas trop fort, Madame, murmura
l'intendante, quand elle vit Miss Sinclair coucher
Lucy sur ses genoux et lui relever les jupes.

— Faut-il baisser son pantalon? demanda Miss
Sinclair, quand l'enfant fut retroussée jusqu'à la
ceinture.

— Non, Madame, répondit Mistress Rumble. Je
ne le ferais pas à votre place, je ne l'ouvrirais même
pas. La verge lui fera assez de mal sans cela, et
vous ne vous imaginez pas quelles marques cela ferait
sur cette peau si tendre, si nous la mettions à nu.

Suivant cet avis bienveillant, Miss Sinclair ne
baissa pas le pantalon de la petite Lucy. Ce pantalon était fermé par derrière.

Avec un profond soupir, Miss Sinclair plaça la
petite victime dans la position convenable pour
recevoir les coups. Elle la prit d'un bras par la

ceinture et fit
signe à Mistress
Rumble de lui
tenir les jambes au cas où cela serait nécessaire.

Mais il n'en était pas besoin. La pauvre petite
couchée sur les genoux de la gouvernante ne bougeait
pas plus qu'une morte, attendant, terrifiée, mais
résignée.

Miss Sinclair leva la verge et en donna un coup
sur le derrière de Lucy.

Le coup ne lui arracha pas un cri, mais une plainte sourde et prolongée.

De nouveau, la Directrice leva la verge; de nouveau celle-ci siffla dans l'air, mais au moment où elle allait s'abattre sur la petite Lucy, un coup violent fut frappé à la porte de la chambre.

— Miss Zinglair, Matame, — c'était la voix de Fraulein Schrobbs, — laissez-nous endrer. Nous afons quelque chose de drès imbordant à fus gommuniguer.

Miss Sinclair, au fond, enchantée de cette interruption, prit Lucy, la mit sur une chaise et vint ouvrir la porte.

Fraulein Schrobbs entra suivie de Marian Escott, la figure toute bouleversée.

— O Miss Zinglair, cria-t-elle, fus afez vait un grant erreur. Fus afez vrabbé cette paufre bedide innozende et ce n'est bas elle qui a bris le monnaie. Ah! mein Gott! c'est une autre élève; c'est...

— Qui? demanda Miss Sinclair, haletante. Pour l'amour de Dieu, dites-moi qui?...

— Miss Kate Bellasis, répondit solennellement Fraulein Schrobbs.

— Vous êtes sûre? demanda la Directrice.

— Aussi sûre, répondit Fraulein, dont nous ne transcrirons plus l'étrange accent, que je le suis d'être dans votre chambre. Oh! Miss Sinclair! Miss Sinclair! j'espère que vous n'avez pas frappé cette pauvre mignonne qui n'a rien fait du tout?

— Non, non, répondit Miss Sinclair. Je ne lui ai pas fait de mal et j'en suis bien heureuse.

Elle songeait avec remords, ainsi que Mistress Rumble au coup qu'elle lui avait donné.

— Au moins, se disait-elle, je suis bien heureuse de ne pas le lui avoir donné sur sa chair nue.

Elle prit l'enfant dans ses bras, l'embrassa, la dorlota, et lui dit tout bas qu'elle la dédommagerait de sa peine.

— Vous n'avez pas été cruelle, chère Miss, murmura Lucy. Vous me croyiez une voleuse et vous étiez obligée de me punir. Ce n'est pas la fessée qui me faisait tant de peine, mais la pensée d'être soupçonnée d'une aussi vilaine action.

Miss Sinclair avait placée Lucy sur une chaise. Elle avait glissé ses mains sous les vêtements de la petite et lui caressait doucement la peau. Bien que l'unique coup porté ait été donné sur les vêtements, Miss Sinclair sentit sur la chair de l'enfant une petite saillie comme une ampoule.

Mais Fraulein Schrobbs bouillait d'impatience de faire son récit et de prouver la turpitude de Miss Bellasis.

Voici donc le résumé de ce qu'elle raconta :

Mirian Escott avait horriblement souffert du mal de dents, la nuit précédente, et Fraulein Schrobbs était venue, pour la consoler, s'asseoir auprès d'elle.

Il faut dire que le judicieux règlement de Miss Sinclair réunissait dans une même chambre un groupe de grandes et de petites élèves.

— Quand les grandes sont seules, avait-elle
coutume de dire, le vice est à craindre ; quand ce
sont des petites, il y a des querelles et des batte-
ries.

Miss Bellasis, sur le point d'atteindre ses dix-
sept ans, occupait un lit dans une chambre où elle
avait pour compagnes Lucy Summerfield et Mirian
Escott.

Donc, vers minuit, Fraulein avait vu Miss Bellasis se lever et regarder curieusement autour
d'elle.

Fraulein feignit alors de dormir, et, d'ailleurs,
elle se trouvait placée dans la chambre de telle
sorte qu'elle pouvait voir Miss Bellasis, qui, elle,
ne pouvait l'apercevoir.

La belle de *Verbena-House* se dirigea vers un
tiroir où étaient placées les boîtes des jeunes filles,
prit une clef, ouvrit une de ces boîtes qu'à ses
ornements de nacre, Fraulein reconnut pour être
celle de Lucy Summerfield. Elle plaça quelque
chose dans cette boîte, la referma, puis regagna
tranquillement son lit.

Tel fut le récit de Fraulein Schrobbs.

— Mais comment, demanda Miss Sinclair, ne
pouvant se résoudre à croire qu'une jeune fille de
cet âge pût être une vulgaire voleuse et d'une si
lâche traîtrise, comment savez-vous que ce qu'elle
a mis dans la boîte était l'argent appartenant à Miss
Montis.

— Attendez un peu, Madame, dit la maîtresse

allemande. Descendons ensemble. Lucy et Mistress
Rumble, venez, s'il vous plaît.

Miss Sinclair sentait bien qu'elle devait s'en
remettre entièrement à Fraulein, et priant l'intendante de la suivre avec Lucy Summerfield, descendit
l'escalier. Fraulein marchait derrière elle avec
Marian Escott (délivrée de sa dent malade et toute
heureuse) et elle murmurait :

— Attendons un peu ; nous allons voir Miss Bellasis.

Quand Miss Sinclair entra dans la salle d'études,
elle vit de suite que ses mesures devaient être
prises immédiatement, avec énergie.

Kate Bellasis avait guetté tout le temps à la porte
qui conduisait aux étages supérieurs pour entendre
ce qui se passait et elle avait tendu avidement
l'oreille quand Lucy commença à crier.

Elle avait donc entendu bientôt un bruit de voix
confuses que dominait celle de Fraulein Schrobbs.
Sa conscience coupable lui dit que tout était découvert.

Quand Miss Sinclair, suivie de l'allemande, de
l'intendante et des deux enfants, rentra dans l'étude,
elle vit que Miss Bellasis était d'une pâleur extrême
et qu'elle tremblait de tout son corps. En même
temps, celle-ci se leva comme pour une résistance
désespérée et, sans aucun doute, pour quitter la
salle.

— Mistress Rumble ; Miss Cope, cria la Directrice, saisissez-vous de Miss Bellasis !

L'heure du triomphe de Cope avait sonné. Elle bondit sur sa proie comme une panthère sur une antilope. Aussi prompte que la pensée, elle se saisit d'un des bras de Miss Bellasis. Mistress Rumble prit l'autre et toutes deux la maintinrent solidement. L'arrogante jeune fille fit un effort pour se dégager, mais les deux femmes la traînèrent à l'extrémité de la pièce et l'amenèrent devant le pupitre de Miss Sinclair.

La Directrice était encore revêtue de son amazone, mais elle avait laissé sa cravache dans sa chambre, heureusement, peut-être, pour Kate.

— Miss Sinclair, observa Fraulein Schrobbs, avant de procéder à toute autre chose, voulez-vous demander à Miss Montis, si elle n'a rien perdu, outre les deux doublons.

Miss Montis, interrogée, déclara qu'elle avait aussi perdu un vieux billet imprimé sur papier jaune, de la loterie de la Havane, loterie tirée depuis longtemps, et que, n'ayant rien gagné, elle avait attaché si peu d'importance à la perte du billet qu'elle n'avait même pas pensé à en parler.

— Très bien, dit alors Fraulein Schrobbs, maintenant, voulez-vous, Madame, être assez bonne pour fouiller Miss Bellasis.

Miss Sinclair appela Miss Everard et tandis que la gouvernante en chef, à genoux, maintenait fermement les chevilles de la prisonnière, toujours solidement retenue par ses deux gardiennes, la Directrice commença à fouiller dans les poches.

Il ne fut pas besoin de chercher longtemps; le porte-monnaie de Miss Bellasis une fois trouvé, on l'ouvrit, et on y découvrit, plié en quatre, le billet de loterie.

La voleuse ne broncha pas, mais ses yeux se fermèrent et ses lèvres devinrent livides.

— C'est bien, dit Miss Sinclair, avec le plus grand calme. Miss Bellasis, veuillez vous retirer dans votre chambre. Avant quelques heures, nous aurons décidé ce qu'il y a à faire avec une jeune fille de dix-sept ans qui, non seulement est une voleuse, mais encore fait fouetter une de ses compagnes pour le crime qu'elle a commis.

— Pardon! balbutia Kate.

— Hors de ma vue! tonna la Directrice en frappant du pied. A votre chambre! Attendez, ajouta-t-elle, qu'on la mène à la chambre rouge et qu'on l'enferme avec du pain et de l'eau pour nourriture. Emmenez-la, Mistress Rumble.

Quand je vous disais qu'il n'y avait pas de « chambre du fouet », à *Verbena-House*, j'oubliais de mentionner qu'en réalité, l'établissement contenait une pièce destinée aux punitions, bien que celles-ci ne fussent pas nécessairement corporelles.

C'était la chambre rouge, une pièce située à l'une des extrémités de la maison et qui tirait son nom de ce fait qu'elle était entièrement tapissée de drap rouge.

Quand aucune jeune fille n'était retenue prisonnière, on s'en servait comme d'une salle de dessin, la tenture de cette pièce étant très propice, par sa couleur, pour faire ressortir les moulages en plâtre qui servaient de modèles.

Une petite chambre y était contigüe et contenait les chevalets, des cartons à dessin, et quelques instruments de musique.

Quand une élève était enfermée dans la chambre rouge, on faisait la classe de dessin dans un salon.

Miss Bellasis fut donc conduite dans cette chambre par Mistress Rumble.

Deux domestiques vinrent aussitôt enlever tout ce qui se trouvait dans la pièce et apportèrent une table ordinaire, une chaise canée, des serviettes et une garniture de toilette.

Puis Mistress Rumble, qui avait disparu quelques minutes, rentra, portant une bible, un livre de prières et un plateau sur lequel se trouvait un petit pain et une carafe d'eau.

Le tout était servi avec la plus grande propreté, même avec élégance.

Il y avait une nappe bien blanche, une fourchette en argent et la propre timbale de Miss Bellasis, portant ses initiales gravées.

Toute nouvelle arrivante à *Verbena-House* apportait une timbale de ce genre, en même temps qu'une cuillère et une fourchette également en argent.

— Voici votre dîner, Mademoiselle, dit l'intendante, en désignant le pain et l'eau, et Miss Sinclair vous donne l'ordre d'apprendre le seizième chapitre de l'Évangile selon Saint-Jean. Miss

Cope viendra vous le faire réciter cet après-
midi.

Après ces mots, Mistress Rumble sortit, refermant la porte derrière elle.

Quelques minutes
après, cependant, la
porte se rouvrit et
Dorothée, la femme
de chambre, entra,
portant un oreiller qu'elle avait oublié. Comme
elle s'en allait, elle se pencha sur l'épaule de Kate
et lui murmura avec tristesse :

— Oh! Mademoiselle, comment avez-vous pu
arriver à **commettre une action semblable**?

— Je suppose, se dit Kate, quand la femme de chambre se fut retirée, et que la porte eut été verrouillée, qu'on va me laisser ici une semaine, avec de longues leçons à apprendre.

Sept jours étaient, en effet, le maximum de temps pendant lequel on enfermait dans la chambre rouge.

— Qu'a voulu dire Dorothée? se demanda la prisonnière, mal à l'aise. Sûrement, Miss Sinclair n'oserait jamais... Elle eut peur de finir la phrase dans son esprit.

Mais Dorothée, la femme de chambre, savait bien ce qu'elle voulait dire. Sur le palier, au moment où elle rentrait, Mistress Rumble lui avait dit :

— Rappelez-vous bien ceci : la demoiselle avant vingt-quatre heures aura le dos qui lui cuira.

Pendant ce temps, la Directrice, justement indignée, réfléchissait aux mesures à prendre, pour infliger un châtiment convenable à la voleuse qui l'avait si bien mérité.

Il n'était toutefois pas commode de résoudre cette question, car il s'agissait de châtier une coupable d'un âge assez avancé.

Miss Bellasis était presque une femme. Elle était bonne à marier. Une semaine à peine avant cette déplorable affaire, elle avait eu à subir ces troubles périodiques dont l'organisme féminin est affligé.

— De longues leçons; la mise au secret, se disait-elle. Peuh! cela la fera rire. Quant à envoyer chercher la police, cela pourrait l'effrayer, mais cela serait absurde. Je ne désire pas faire connaître au public les affaires privées de ma maison. Je puis la chasser, mais peut-être une fois dans sa famille raconterait-elle mille abominations sur mon compte. Non, non, je la fouetterai jusqu'à ce que le sang lui coule de tous côtés. Cela lui fera honte et la fera souffrir, la coquine, et j'écrirai un billet à M. Calvedon, lui disant ce que je veux faire. Je demanderai également aux professeurs de m'aider dans cette besogne. J'ose dire qu'elles le feront!

Elle murmurait entre ses dents : « Je la fouetterai, je la fouetterai », et trouvait dans la répétition, presque inconsciente, de cette phrase, une vague sensation de plaisir. Miss Sinclair se retira dans sa chambre et écrivit un billet pressant au Révérend Arthur Philip Calvedon, lui annonçant qu'un événement extraordinaire venait de révolutionner *Verbena-House* et le priant de venir immédiatement pour qu'elle puisse le consulter sur une affaire de la plus haute importance.

Le billet fut porté par le petit groom Stiggles.

Miss Sinclair songea alors qu'elle portait toujours son costume du matin et qu'elle avait besoin de se mettre à l'aise.

Retirée dans sa chambre à coucher, elle se dévêtit et prit une douche froide. Elle se coiffa et prit une chemise propre, une robe et tous ses habituels atours.

— Comme j'ai la fièvre, se disait-elle en s'habillant. Cette affaire de fessée, je ne sais pourquoi, me met le sang en ébullition.

Oui, Miss Sinclair avait la fièvre — oui, son sang était en ébullition. Elle crut bon pour se calmer de procéder à une toilette plus intime.

Cela la rafraîchit; mais son sang bouillait encore et elle entendait siffler dans ses oreilles « fouette, fouette, fouette »; et autres mots du même genre; et, bien qu'elle fut trop bien élevée pour prononcer, même mentalement, des mots grossiers comme derrière..., etc., elle ne laissait pas d'avoir toujours présente à l'esprit, l'image d'une grande fille, nue de la ceinture aux talons, et se cabrant, ou s'agitant follement, sous les coups d'un fouet et d'une verge empourprant sa chaire.

Les jeunes élèves, pendant ce temps, avaient pris leurs repas et se livraient à tout le plaisir de cette journée de congé, c'est-à-dire qu'elles jouaient ou causaient dans les classes ou le préau, comme bon leur semblait, mais d'après l'ordre de Miss Sinclair aucune n'avait quitté la maison.

Elle ne voulait pas, en effet, laisser sortir une seule des maîtresses, ayant résolu de les réunir en conseil, pour débattre cette importante question du mode, de l'heure et du châtiment de Miss Bellasis.

Ce conseil se réunit dans un lieu retiré, un salon servant en partie de bibliothèque.

— Mesdames, commença la Directrice, quand toutes les maîtresses furent réunies, vous connaissez l'événement scandaleux d'aujourd'hui. J'ai décidé d'infliger à Miss Bellasis une punition qui sera aussi sévère qu'exemplaire — une punition ignominieuse

— peu usitée ici sans doute, mais que je considère comme légitime, étant données les circonstances ; Mesdames, j'ai résolu de donner à Miss Bellasis une terrible fessée...

Un murmure d'approbation circula dans l'assemblée.

— ... Devant l'école toute entière.

Il y eut de nouveaux signes d'acquiescement.

— Quant au mode exact de châtiment, à la façon de l'infliger, c'est sur ce point, continua la Directrice, que je vous demande votre avis. Qu'avez-vous à me dire, Miss Everard ?

— Je dis, Madame, répondit la maîtresse en chef, que vous avez décidé une chose très sage et très énergique. Cette jeune fille doit être fouettée, mais si vous voulez me permettre de vous donner mon avis, ne la fouettez pas avec une cravache.

Je pense que Miss Bellasis devra recevoir au moins cinquante coups. Mais cinquante coups de cravache feraient des marques qui resteraient plusieurs semaines. On peut faire la même objection à l'emploi d'une canne, d'une courroie ou d'une corde.

— J'ai vu se servir d'une verge en gutta-percha, observa Miss Cope, dans une institution où j'ai professé, et cette verge déchirait le...

Elle allait dire : c..., mais elle se reprit et dit : le dos.

— Je serais de l'avis de Miss Everard, remarqua Mademoiselle de la Tourelle, quand Miss Sinclair lui demanda son opinion. Sans doute, cette jeune personne mérite une punition très sévère. Dans les pensionnats de demoiselles, en France, les peines corporelles n'existent pas. Le fouet, la verge, tout cela a été aboli par la Révolution. Je ne dis pas que la cause de la morale en ait beaucoup profité. Madame Campan, dans le temps, a fessé les sœurs de Napoléon, et l'Empereur qui n'aurait pas consenti à ce qu'un soufflet fut donné dans les Lycées ou dans sa Maison Impériale de Saint-Denis, souriait quand Madame parlait d'avoir tenu les Reines Hortense et Caroline « sous la verge ».

Mais vous me permettrez l'observation que bien qu'une demoiselle de l'âge de Mademoiselle Bellasis ne serait point punie corporellement dans une institution d'éducation séculaire, le honteux délit commis par elle amènerait certainement sa réclusion dans une maison de correction. Elle irait chez les sœurs grises ou dans quelque autre communauté renommée pour la sévérité de sa discipline; et là, je vous garantis qu'on ne la ménagerait pas. Malgré ses dix-sept ans, on la cinglerait, soit avec une verge de bouleau, soit avec un martinet, sur une partie de son corps nu que la pudeur m'empêche de nommer, et cela, non pour de nouvelles offenses commises par elle, mais deux ou trois fois par semaine régulièrement et comme par ordonnance du médecin. J'ai bien connu une demoiselle de grande maison qui a été fustigée de la sorte trois fois dans chaque quinzaine pendant six mois.

— Qu'est-ce que le martinet dont vous parlez, Mademoiselle, demanda Miss Sinclair, qui paraissait s'intéresser vivement à tous ces détails.

— C'est un manche de bois, au bout duquel sont clouées douze lanières de cuir coupées en carré. Au besoin, on fait des nœuds au bout de ces lanières. Pour de très petits enfants ces étrivières sont en peau de daim, molle comme celle d'un gant, et le martinet ne peut être considéré que comme un fouet pour rire, mais dans les couvents et les maisons de correction, la chose prend une allure bien différente. Le cuir est dur, les bords aigus et ses nœuds sont comme du fer. Quelquefois, les lanières sont bouillies dans du lait pour leur donner plus de raideur, précisément comme on fait avec le knout russe. J'ai vu le dos et les fesses — excusez ce mot — des filles, déchirés et découpés en vrais lambeaux de chair par ces terribles instruments. Il y a aussi un autre martinet, composé de cordes tressées et ayant trois nœuds chacune. C'est un fouet plus important que le martinet de cuir et qui fait jaillir le sang assez promptement, mais qui n'inflige pas les graves ecchymoses causées par le dit martinet. En Angleterre, je n'ai jamais vu un martinet, bien que j'aie souvent entendu parler du *cat o'nine tails* avec lequel sont punis les soldats anglais. Mais votre chat n'a que neuf queues, tandis que le nôtre en a douze. Je suppose que vous n'avez pas l'intention d'attacher Miss Bellasis aux hallebardes et de lui donner du « chat » sur le dos, comme à un troupier qui aurait dérobé quelque chose à ses camarades, mais que vous voulez lui donner le fouet comme à une enfant. Et, vraiment, ce n'est qu'une grande enfant et elle mérite d'être traitée comme telle. La cravacher serait peut-être cruel. Troussez-lui la jupe, prenez une bonne verge et fessez-la jusqu'au sang. On trouvera bien moyen de la lier ou de lui tenir les bras ou les jambes si elle résiste.

— Par fesse, Mademoiselle, interrompit Miss Sinclair, voulez-vous dire qu'elle sera punie?

— Mon Dieu, Madame, puisque nous sommes en petit conseil de femmes, on peut dire la chose franchement; par fesse, je veux dire le cul.

Miss Sinclair fit un signe de tête. Elle avait passé l'âge de rougir.

— Sur le derrière nu, dit-elle avec décision. Je lui relèverai donc les jupons et je la fouetterai jusqu'à ce qu'elle ait les cuisses en sang. Êtes-vous de cet avis, Fraulein Schrobbs?

— Elle mérite le fouet, répondit l'allemande, et j'espère que vous le lui donnerez au moins aussi fort qu'à cette pauvre petite Lucy Summerfield?

— Ne craignez rien; ce sera fait, répondit la Directrice. Miss Cope, avez-vous quelque chose à dire?

— Seulement ceci, Madame, qu'il vous sera très difficile de fouetter Miss Bellasis. Elle est aussi forte qu'une lionne. Il faudra réquisitionner tout le monde pour la maintenir et je ne serais pas surprise qu'elle trouve malgré cela le moyen de lutter encore.

— On l'attachera solidement, dit Miss Sinclair, d'une voix ferme.

Elle sonna et Mistress Rumble parut.

— Mistress Rumble, dit la Directrice, je donnerai à Miss Bellasis une sévère fessée — une fessée en public — demain matin après le déjeûner. Je la fouetterai avec une verge. Savez-vous ce que c'est ?

Mistress Rumble s'inclina et dit qu'elle connaissait cela.

— Vous devez en avoir deux, Madame, ajouta-t-elle, en cas de besoin. Je vais en envoyer chercher de suite, car il faut les faire tremper toute la nuit.

— Je m'en remets entièrement à vous, répondit Miss Sinclair. Mais, attendez. Miss Cope nous fait remarquer qu'il faut s'attendre à une grande résistance de la coupable. Il sera nécessaire de l'attacher à un pupitre ou autrement. Vous avez donc à vous munir, dans ce but, de courroies ou de cordes.

— J'y veillerai, Madame, répondit Mistress Rumble.

Miss Sinclair se leva, salua les maîtresses, et le petit conseil terminé, tout le monde sortit.

Il était temps, car l'oreille fine de la Directrice venait d'entendre résonner un timbre. Elle avait reconnu immédiatement cette façon de sonner et les professeurs venaient à peine de quitter la chambre que l'on vint annoncer le Révérend M. Calvedon.

La Directrice ne manquait jamais d'accueillir celui-ci avec son plus gracieux sourire, mais à ce moment, elle se sentait prise d'une sorte de mauvaise honte. Elle sentait qu'elle rougissait et tremblait, sans savoir pourquoi, et la sueur lui coulait dans le dos.

Arthur — nous pouvons aussi bien l'appeler ainsi maintenant — ne pouvait manquer de s'apercevoir de l'agitation de la belle Directrice et avec une expression de grand intérêt, il lui demanda si elle était malade.

— N...n...non, répondit Miss Sinclair, mais tout à fait hors de moi par une affreuse aventure survenue dans mon pensionnat. Pour dire vrai, j'ai les nerfs dans un état déplorable.

— Comme votre main est brûlante, remarqua Arthur. Avez-vous envoyé chercher M. Jossop? Vraiment, ma chère Miss Sinclair, vous devez prendre souci de votre santé.

— Je pense, interrompit Miss Sinclair, qu'un avis sensé me fera plus de bien que toute la médecine de M. Jossop, et c'est de vous, M. Calvedon, que j'attends cet avis.

— Vous savez que vous n'avez qu'à commander pour être obéie. Je suis tout oreilles.

— Merci, dit la Directrice. Ne soyez pas choqué toutefois si ce que j'ai à vous dire vous paraît inconvenant ou indélicat.

— Allez, allez, chère Madame, un prêtre et un médecin, sont, vous le savez, des confesseurs.

Arthur commençait à prendre intérêt à la causerie.

Évidemment, il allait entendre quelques révélations piquantes.

Le jeune groom — le précoce petit Stiggles — avait-il été surpris dans le lit d'une de ces demoiselles? Une des maîtresses avait-elle été enlevée par le professeur de dessin?

Sa curiosité fut bientôt satisfaite.

— Je suis sur le point, dit Miss Sinclair, baissant les yeux et jouant avec ses breloques, de prendre une décision extraordinaire pour châtier une de mes pupilles. M. Calvedon, un vol honteux a été commis, et, ce qui est le plus horrible, la coupable a tenté de faire accuser et condamner une de ses petites compagnes. J'étais prête à châtier la pauvre mignonne innocente, comme on peut châtier une enfant, je l'avais menée dans ma chambre pour la fouetter, quand heureusement la vraie coupable fut démasquée. M. Calvedon, la coupable est Miss Kate Bellasis.

Et Miss Sinclair raconta au clergyman étonné, toute l'histoire des doublons volés à Miss Montis, leur découverte dans la boîte de Lucy Summerfield, et, enfin, l'éclaircissement final donné par Fraulein Schrobbs.

— M. Calvedon, continua-t-elle, une si horrible et si noire méchanceté de la part de Miss Bellasis, demande, d'après moi, et d'après l'avis de tous mes professeurs, le châtiment le plus sévère. Il faut que ce châtiment soit non seulement une punition terrible pour la coupable, mais aussi un exemple pour ses compagnes.

— Je suis absolument de votre avis, dit Arthur.

— D'après cela, continua Miss Sinclair, j'ai résolu de donner à Miss Bellasis une fessée énergique avec une verge, devant toute l'école.

— Pardon ! répondit Arthur, je pense, en effet, que vous ne pouvez faire mieux que de fesser énergiquement cette coquine, et je pense aussi que la publicité du châtiment peut avoir quelque avantage. Mais si j'étais à votre place, je ne laisserais assister à ce spectacle que les élèves les plus âgées. Si la verge fonctionne régulièrement et énergiquement, le sang coule — je parle d'après ce que j'ai vu — et le corps de la patiente offre ainsi un spectacle fort désagréable. La patiente luttera, c'est évident, et criera des choses affreuses. Ce spectacle peut donc effrayer vos plus jeunes élèves et certaines pourraient se trouver mal.

— Et les plus âgées, demanda Miss Sinclair, en réprimant un sourire, ne seront pas choquées alors à cette vue ? elles ne se trouveront pas mal ?

— Il est facile d'y remédier, répondit Arthur. Vous n'aurez qu'à annoncer que le médecin a recommandé la verge comme un remède infaillible pour la syncope, et que toute élève qui s'évanouira sera ranimée avec quelques coups de cet instrument. Chère Madame, les femmes supportent mieux que les hommes la vue du sang. Demandez aux femmes de boucher, aux infirmières. Mais, je m'oublie; vous devez vous demander si je ne vous abuse pas.

— Nullement, et je n'ai rien à vous apprendre sur ce sujet, répondit Miss Sinclair. Quant à moi, je ne crains pas de m'évanouir en voyant quelques gouttes de sang sur le dos de cette coquine.

— Non pas sur le dos, pour rien au monde, ma chère Madame, dit Arthur. A l'âge de Miss Bellasis, une flagellation sur les épaules ou dans la région du dos ne pourrait offrir que de graves inconvénients. Pardonnez-moi, si je vous parle comme un médecin pourrait le faire. Les vertèbres cervicales, les os du cou, sont excessivement sensibles. Une

VII

succession de coups dans cet endroit peut faire
mourir. D'un autre côté, quand les branches ou
lanières de la verge sont longues et souples, elles
peuvent souvent atteindre le devant du corps, et il
peut en résulter de graves blessures. Non, chère
Miss Sinclair, la partie du corps toute indiquée dans
ce cas, c'est la partie la plus basse de la personne,
au bas des reins, au-dessus des cuisses, en un mot...

— En un mot, ajouta Miss Sinclair, devenue
cramoisie, mais riant aux éclats, cette partie du
corps que nous nommons le derrière. Voyons, nous
sommes de vieux amis, M. Calvedon, et nous pouvons parler sans détours. Vous pensez que Miss
Bellasis doit être fouettée sur le derrière. Je suis
d'accord avec vous, et ce n'est que par un sentiment
un peu ridicule de pudeur que j'ai parlé de son dos.
Mais c'est maintenant que je fais appel à votre expérience pour venir à mon aide. Comment dois-je
accomplir ma tâche? J'ai consulté mes gouvernantes,
mais je n'ai qu'une confiance très limitée dans leur
savoir.

— Oui, en effet, chère Madame, il y a une différence considérable dans la manière de fouetter un
petit garçon et celle de fouetter une jeune fille. Dans
le premier cas, vous n'avez qu'à commander au
petit garçon de baisser sa culotte. Puis vous le
faites suspendre par les poignets sur le dos d'un
camarade, ou vous le faites s'incliner sur un pupitre.
Dans les écoles où la verge est d'un usage fréquent,
les petits garçons ont à peine besoin d'être main-

tenus. Ils reçoivent leur fessée sans s'émouvoir.
Tout ce qu'on leur demande, c'est de relever leur
chemise.

— Eh bien! M. Calvedon, je ne vois pas une si
grande différence entre les deux cas. Un petit
garçon, dites-vous, doit laisser tomber son pantalon.
Une petite fille, elle aussi, porte un pantalon et doit
le baisser quand on va la fouetter.

— Non, pas nécessairement, ma chère Miss Sinclair. Mes sœurs furent souvent fouettées devant
moi, par ma mère, et je n'ai jamais vu celle-ci
baisser leur pantalon. Elle se contentait de les
ouvrir. Mais vous désirez peut-être octroyer à Miss
Bellasis, la verge avec tous les charmes cui-
sants.

— Je le veux ainsi, observa Miss Sinclair.

— Alors, dans ce cas, il faudra, une fois son
pantalon enlevé complètement. relever les autres
vêtements.

— Non pas ainsi; je veux lui infliger la plus
grande honte possible et la fouetter nue, c'est-à-dire,
n'ayant que sa chemise et ses bas.

— Mais alors, je ne vois pas de quelles difficultés
vous voulez parler?

— Pardon, Miss Bellasis ne recevra pas sa flagellation de sang-froid comme les écoliers dont vous
parliez tout à l'heure. Il est certain qu'elle va
lutter, se débattre et donner des coups de pieds.
Vous parliez de hisser le coupable sur le dos.
Qu'est-ce? Peut-on faire usage de ce moyen?

— Je ne le crois pas, dans le cas qui nous intéresse. La personne qui hisse le coupable sur le dos,
est, en général, l'écolier le plus fort et le plus
grand ; souvent aussi, c'est un domestique. Vous
avez lu *Tom Jones*; oui, bien entendu; nous l'avons
tous lu. Quand le Révérend Mr. Thwackum voulait
fouetter Tom Jones, il envoyait chercher un valet
d'écurie et c'était sur son dos que l'on hissait le
jeune monsieur. Je sais une lady du Devonshire qui
prenait un valet de pied pour cette besogne décrite
par Fielding. Elle avait cinq fils et j'ai su qu'elle
les avait souvent fouettés tous les cinq dans la
même journée, cinq garçons entre dix et seize ans.

— Avait-elle des filles? demanda Miss Sinclair.

— Oui, deux, chère Miss, et c'étaient de bien
jolies filles.

— Est-ce qu'elle les fouettait?

— Fréquemment, mais je n'ai pas besoin de vous
dire que dans ce cas, elle n'appelait pas le valet de
pied. Elle les fouettait dans sa chambre ou dans
celle de la gouvernante. Mais nous nous éloignons
de notre sujet. Quand le patient ou la patiente doit
être hissée comme je l'ai dit, celui qui doit le tenir
prend ses bras passés sur ses épaules et maintient
solidement ses poignets, et le tenant ainsi élevé au-
dessus du sol, le maintient dans une position qui
l'empêche de bouger. La partie sur laquelle on doit
opérer — le derrière — est placé dans la meilleure
inclinaison possible, de façon à ce que chaque coup
porte bien. Mais vous trouverez difficilement une

femme assez forte pour maintenir ainsi une jeune fille. Elle pourra peut-être la soulever, mais il faut songer que ses mains auront à soutenir le poids du corps tout entier. Je ne crois pas que Mistress Rumble, si forte qu'elle soit, puisse tenir ainsi convenablement Miss Bellasis. Après quelques coups, elle la laisserait tomber, d'autant plus que la coquine lui donnerait sans doute des coups de pieds.

— Je les lui attacherai.

— Oui, mais elle mordra les épaules de Mistress Rumble.

— Je la bâillonnerai.

— Dans ce cas, vous risquerez de lui briser un vaisseau. Mon avis, dans les flagellations, est de laisser crier le patient autant et aussi fort qu'il le veut. Y a-t-il un danger quelconque à ce que les cris de Miss Bellasis soient entendus?

— Pas le moindre. Notre maison est à l'écart, ma salle d'études derrière, et mon seul voisin, le Colonel Gervoise; je n'ai rien à craindre, j'en suis sûre. J'irai lui rendre visite ce soir et lui raconterai ce qui va se passer. A moins que je ne me trompe, il doit avoir des idées très avancées sur la discipline. En tout cas, il m'a dit qu'il fouettait ses enfants et m'a souvent engagée à faire usage de la verge dans mon école.

— Vous avez commencé bien tard, ma chère Miss Sinclair, dit Arthur, mais j'ai idée que vous rattraperez le temps perdu. Vous ne pouvez pas, ajouterai-je, faire hisser Miss Bellasis sur le dos de personne. Vous avez sans doute un grand pupitre?

— Certainement.

— Bien. Vous pourrez donc la faire coucher, le corps incliné en avant, le derrière bien tendu, les genoux sur un banc ou sur un tabouret. Si elle lutte trop violemment, vous pourrez lui faire attacher les pieds et les mains. Mais avant tout, ma chère Miss Sinclair, veillez bien à ne la frapper, ni sur le dos, ni sur les cuisses, ni sur les jambes. Que votre but, en frappant, soit invariablement le milieu des fesses.

Après ce dernier avis, Arthur serra la main de la Directrice. Il mourait du désir d'assister à cette flagellation dont il venait de préparer l'exécution.

Comme il se levait :

— Une minute, dit Miss Sinclair. Mistress Rumble prépare les verges. Elle dit qu'il faut les faire tremper toute la nuit. Est-ce exact?

— Parfaitement. Mistress Rumble est un trésor.

— Combien devra-t-on donner de coups?

— Hum! Miss Bellasis est forte, chère Madame, je vous donne le conseil de ne pas fixer le nombre de coups. Fouettez-la jusqu'à ce que vous jugiez prudent de cesser. Pas plus de trente-six coups, toutefois.

— Miss Everard disait 48 ou 50.

— Miss Everard a parlé probablement par expérience, mais c'est à l'exécution seule que la preuve peut être faite. Certaines jeunes filles, supporteront cent coups de verge, d'autres seront à moitié tuées pour en recevoir une douzaine. Je pense que Miss Bellasis possède assez d'énergie physique pour en supporter un nombre raisonnable. Et maintenant, chère Miss Sinclair, adieu.

C'est avec une certaine répugnance que Miss Sinclair laissait partir le clergyman. Plus de vingt fois, elle avait été sur le point de lui demander d'infliger la punition lui-même, en particulier, devant elle.

Elle se représentait Miss Bellasis sur un fauteuil dans son boudoir et Arthur devant elle lui administrant une fessée soignée.

La jeune fille, se disait-elle, aurait honte de dire à ses parents qu'elle avait été fouettée par un homme. Mais elle se souvint qu'elle avait convié ses gouvernantes à l'exécution publique. La nouvelle de ce qui se préparait s'était sans doute déjà répandue dans l'école.

Non seulement le plaisir, mais la justice, demandait aussi satisfaction. Elle renonça donc à son dessein, quand se souvenant tout à coup du cas de Miss Haseltine et de celui de Miss Hathersthon :

— Pensez à venir demain, murmura-t-elle à Arthur, quand tout sera fini. J'aurai quelque chose de tout particulier à vous communiquer.

Arthur, très heureux, promit de venir le lendemain, et après une dernière poignée de mains, la quitta.

Mistress Rumble, l'intendante, l'attendait dans le vestibule pour lui ouvrir. Elle lui fit un petit salut quand elle le vit descendre. C'étaient deux vieilles connaissances.

— Ainsi, Mistress Rumble, dit Arthur, vous allez voir demain matin un fameux spectacle.

Mistress Rumble hocha la tête.

— Ce sera curieux, fit-elle.

— Avez-vous les verges?

— Oui, Monsieur, elles sont solides. Nous ferons avec elles un beau travail.

— Est-ce que je ne pourrais voir cela?

— Nous pourrons arranger ça, dit tout bas l'intendante. Si vous pouvez venir demain matin de très bonne heure, — disons huit heures — et frapper au lieu de sonner, je vous introduirai dans un cabinet d'où vous aurez tout le loisir de contempler le spectacle en question, depuis le commencement jusqu'à la fin.

DEUXIÈME PARTIE

Le Révérend
Arthur Philip Calvedon

Ce n'était pas la première fois, mais non à *Verbena-House,* que Mistress Rumble avait favorisé les penchants particuliers du Révérend Arthur Philip Calvedon. Il n'existait pas, en effet, de plus grand fanatique de la flagellation parmi tous les fervents de ce plaisir spécial.

M. Calvedon, toutefois, déclina dans l'occasion les offres aimables de l'intendante.

— Non, je vous remercie, Mistress Rumble, dit-il, comme il traversait le vestibule. J'ai d'autres affaires qui me réclament demain matin. Ce n'est pas loin d'ici et je viendrai rendre visite à Miss Sinclair à midi précis. Au revoir, Mistress Rumble.

— Ah! je devine bien de quelles affaires il s'agit, se dit en aparté l'intendante, tandis qu'elle fermait la porte. C'est le catéchisme avec les enfants de Mistress Gervoise, tout près d'ici.

Et ce sera des rapports sur la conduite. Le derrière de Miss Amy, celui de Miss Lily, celui de Master

Herbert seront fessés. Ah! ce M. Calvedon, il sait comment s'amuser. Peut-être se soucie-t-il peu des grandes filles. Allons! il faut s'occuper des verges.

Et pendant ce temps, Arthur s'en allait tout contrit, si contrit qu'il en avait oublié de prendre la main tendue de Mistress Rumble, en lui disant : au revoir.

— Une fille de dix-sept ans, pensait-il, fouettée jusqu'au sang, ce sera plutôt gai!

Non, se disait-il encore, il y aura un fameux vacarme. Mais quels yeux avait Miss Sinclair en me causant. Ils semblaient dire : demandez donc, je ne refuserai rien. Une belle femme, cette directrice, c'est sa première équipée, mais ce ne sera pas la dernière ou je me trompe fort!

Mistress Rumble ne restait pas inactive. Suivant ses instructions, Dorothée, la femme de chambre de confiance, avait été demander dans une boutique voisine deux verges de six pence chacune.

— Est-ce pour épousseter des vêtements ou pour tanner la peau d'une de vos filles? demanda M. Lippincott, le patron de la boutique en question.

— Taisez-vous, cria Dorothée, vexée. Est-ce que vous prenez notre pension pour une maison de correction? Donnez-moi mes balais, et assez causé.

— Oui, Dolly, répondit le marchand, mais je dois savoir exactement ce qu'il vous faut. Il y a balai et balais. Voyez : en voici de longs, durs, bruns et bourgeonnés. C'est ceux-là que je vends au Docteur Swisher de Scrubtall-Terrace, à M. Brusher de l'Anglo-French College et à un grand nombre de familles ayant beaucoup d'enfants. Maintenant, lesquels désirez-vous, Dolly?

— Puisqu'il faut que vous le sachiez, répondit la femme de chambre ainsi pressée, je veux celles-là, et elle désignait celles si dures et si longues, que M. Lippincott disait vendre aux professeurs et aux familles.

— Parbleu, je le pensais bien, s'écria le malicieux boutiquier. Pourquoi ne le disiez-vous pas? Mais, attention! vous ne pouvez pas porter çà à découvert dans la rue. Tous les gamins s'ameuteraient après vous. Mon commis ira vous les porter, bien enveloppées.

En effet, une demi-heure après, on apportait les deux verges à *Verbena-House*.

— Voici vos instruments de torture, Mistress Rumble, dit le groom Stiggles à l'intendante, qui était venue prendre les verges. Et le gamin les jeta sur la table d'une façon irrévérencieuse.

— Prenez garde à vos oreilles, lui cria l'intendante. Si j'avais droit sur vous, je ferais manœuvrer une de ces verges sur votre derrière.

— Oui, mais vous ne le pouvez pas, Mistress Rumble, répliqua l'effronté, Miss Sinclair ne doit pas me toucher, ni vous non plus, et je me moque de vos verges.

Stiggles savait aussi bien que personne à *Verbena-House* — celle que cela concernait était la seule ignorante — que Miss Bellasis serait fouettée le len-

demain matin. Aucun des domestiques ne songeait
à faire de prudes réticences au sujet de l'endroit où
on la fouetterait.

— Elle en aura sur son c..., disait la cuisinière.
Je ne voudrais pas pour beaucoup être dans sa peau.

— Est-ce que cela fait mal, une verge ? demanda
l'une des femmes de chambre.

— Comment le saurais-je, imbécile, répliqua la
cuisinière, je n'ai jamais eu que de la courroie.

Dédaignant de prendre part à ce genre de conversation, Mistress Rumble s'était retirée avec son
paquet de verges, dans une pièce dépendant de la
cuisine ; où, avec l'aide d'une fille de cuisine, elle se
mit à les arranger comme il fallait.

Son premier soin fut de retirer toutes les brindilles inutiles. Ayant détaché le lien qui les rete-
nait, Mistress Rumble choisit parmi les branches
les plus longues et les mieux fournies en bourgeons.

Elle en fit des paquets soigneusement attachés
à une extrémité par de solides ficelles.

Pour être absolument en mesure de parer aux
accidents qui surviennent parfois au cours d'une
flagellation, elle prépara trois verges au lieu des
deux qu'elle se proposait de faire. C'était de formi-
dables instruments, et M. Lipincott n'avait pas tort
de vanter les qualités de ce qu'il appelait ses
tickle-tobics.

Chacune avait bien deux pieds et demi de long.
Le manche n'était pas trop gros pour une main de

femme, mais l'extrémité était beaucoup plus grosse et d'un diamètre d'au moins huit pouces.

Toutefois, ce n'était encore que le début de la préparation.

— Elles ont bien bon aspect, fit observer Mistress Rumble à son aide Sarah. Mais on ne pourrait pas fouetter avec cela. Elles se briseraient, car elles sont ainsi trop fragiles, et toute la salle d'étude serait pleine de débris. Il faut les faire mariner.

Mistress Rumble plaça les verges sur l'évier et fit couler dessus un fort jet d'eau pendant au moins dix minutes, puis elle les essuya soigneusement avec une serviette dure.

Sarah, pendant ce temps, prépara un seau d'eau dans lequel elle mit comme le lui avait commandé Mistress Rumble une livre de soude, deux livres de sel et un peu plus d'un litre de vinaigre.

— Les verges deviennent chères, remarqua l'intendante en riant, tandis qu'elle les plaçait dans ce bain spécial. Avec tout cela, nous aurons bien dépensé une demi-couronne. Je suppose que Miss Sinclair portera tous ces frais sur sa note. Maintenant, Sarah, il faut laisser cela tranquille toute la nuit; demain matin, ce sera frais, dur et souple. Le derrière de la jeune madame cuira, je vous l'assure.

Et parlant ainsi, l'intendante se retira.

Sarah, restée seule, prit une des verges, la secoua et s'en frappa quelques coups sur la paume de sa main rude.

— Regardez-moi, criait-elle, comme elle cingle. Que diriez-vous d'une douzaine de coups sur votre c...

— Une douzaine, répéta la cuisinière qui venait d'entrer? Miss Bellasis en aura au moins quatre douzaines, aussi fortement appliqués que pourront le faire Miss Sinclair et Miss Everard.

Elles se relaieront, on ne laissera personne d'autre la fouetter. Il y en a qui le feraient trop doucement, d'autres, Miss Cope, par exemple, la blesseraient, car cette maîtresse a une haine terrible contre Miss Bellasis.

— Si je recevais des coups de cette verge, observa Dorothée, il me semble que cela me ferait rire.

— Je vais essayer, dit la cuisinière, brandissant une des verges.

— Non, non, non, cria Dorothée, serrant ses vêtements contre son corps, et courant se réfugier dans un coin de la cuisine.

— Attrapez-la, criait la cuisinière.

— Sarah et une autre domestique se saisirent de Dorothée, amusée et effrayée tout à la fois, l'entraînèrent au milieu de la cuisine, et la couchant sur une table, lui relevèrent ses jupes.

La demoiselle n'avait pas de pantalon et ses jambes étaient moulées dans des bas de coton noirs. Ses dessous étaient cependant d'une propreté méticuleuse et si simple que fut le spectacle offert, il eut procuré un plaisir certain, même à un amateur blasé par de plus élégantes flagellations.

J'ai souvent, pour ma part, goûté plus de plaisir à voir un impromptu de ce genre qu'à certains spectacles, longuement élaborés, avec tout le décor des verges, des blocs couverts de velours, des courroies de cuir cramoisi et des flagellants masqués.

Il y a des jours où une simple côtelette vous semble meilleure que le plus délicat des suprêmes de volaille.

La croupe blanche de Dorothée s'étalait donc comme un beau fromage à la crème. La cuisinière leva la verge, et la fit tomber, mais doucement, sur cette croupe élastique et douce.

— Êtes-vous contente? lui demanda-t-elle.

— Oui.

Un autre coup tomba.

— Et celui-là?

— Oui! un peu plus fort.

— Et celui-là, est-il bien?

— Ah! Ah! Ah! cria Dorothée qui se redressa d'un bond. C'est trop fort; je ne vous croyais pas si méchante.

— Bien, bien, dit la cuisinière en riant, et elle replaça la verge dans le seau, tandis que Dorothée rajustait ses jupes froissées.

— Miss Bellasis recevra une cinglée autrement piquante; mais, je vais vous dire; demain matin, si nous le voulons, nous pourrons voir cela; ce qui sera facile en se cachant derrière la porte entrebaillée.

— Moi aussi, demanda l'effronté Stiggles, qui arrivait au même moment.

— Ce gamin-là est terrible. Tenez votre langue et mêlez-vous de vos affaires, mauvais garnement. Si vous ne me f...ichez pas la paix, aussi sûr que vous êtes là, je ferai savoir à votre mère quel petit voyou vous faites et elle vous tannera le derrière. Je voudrais que Madame vous donne une bonne fessée quand elle en aura fini avec Miss Bellasis.

Stiggles fit la grimace, mais il se tint coi. Sa maman était une blanchisseuse, d'une grande force musculaire, et d'un caractère violent, qu'exaspérait encore l'usage de la bouteille de gin. Plus d'une fois, elle avait rossé son fils, et le mettant nu comme au jour de sa naissance, lui avait travaillé les côtes à coups de fouet.

Mais revenons à Miss Bellasis que nous avons laissée enfermée dans la chambre rouge étudiant son Évangile de Saint-Jean.

Elle avait une très bonne mémoire, et quand vers cinq heures, Miss Cope arriva pour lui faire réciter sa leçon, elle la lui débita d'un trait.

Miss Cope ne daigna pas lui faire à ce sujet le moindre éloge.

— Vous aurez un peu plus de pain et de beurre pour votre souper, lui dit-elle, si toutefois vous avez un peu d'appétit. Je suis sûre, pour ma part, que je ne pourrais pas avaler le plus petit morceau si je me trouvais dans une situation aussi honteuse.

VIII

— Vous n'avez pas besoin de m'insulter, dit Kate d'une voix sourde.

— Vous insulter! bah! il n'y aurait pas pour une créature comme vous d'insultes assez basses, répliqua Cope, je ne crois pas que vous allez m'en imposer plus longtemps, Kate Bellasis! J'ai supporté depuis trop longtemps votre insolence et votre fierté. Vous êtes une très haute et noble demoiselle, c'est entendu, et votre père un grand et noble personnage et je ne suis qu'une pauvre sous-maîtresse d'école, mais je ne suis pas une menteuse ni une voleuse, Miss Kate Bellasis.

— Epargnez-moi, dit la pauvre fille. Je devais être folle, quand j'ai fait cela.

— Oh! j'ose le dire, en effet, folle! Mais Miss Sinclair a un remède pour cette folie-là; savez-vous ce que l'on va faire pour vous remettre dans le bon sens demain matin.

— ...Non...

— C'est un mensonge; vous l'avez bien deviné; mais si vraiment vous ne le savez pas, je vais vous le dire. Voici ce qu'on va faire : Vous serez fouettée, miss Kate; fouettée avec une verge, comme une gamine. Vous, une grande fille de dix-sept ans! Quelle honte! on vous relèvera les jupes, et j'ai bien peur que Miss Sinclair ne vous fouette à moitié nue. Et votre derrière de belle demoiselle sera cinglé jusqu'à ce que le sang en coule. Ha! ha! cela vous cuira, je vous le promets. Et toutes les grandes élèves seront là pour voir Miss Bellasis *fouettée pour vol!*...

Miss Cope siffla tout ce discours plutôt qu'elle ne l'articula, fixant sur la prisonnière pendant qu'elle causait, des regards chargés de haine.

— Je me tuerai avant! cria Kate, se dressant et se tenant la tête avec les deux mains.

Il lui semblait que son front allait éclater.

— ... Je me tuerai!... Fouettée! fouettée! comme une élève de maison de charité! jamais!...

— Les petites mendiantes ne sont pas fouettées si souvent que vous le pensez, reprit avec dédain Miss Cope. Les petites mendiantes ont toutes sortes de gens qui prennent leur parti. Les domestiques ici se révolteraient si l'on voulait punir une jeune fille de leur classe.

Mais elles ne demanderaient qu'à se réjouir en voyant fouetter une demoiselle.

Elles aideront à vous tenir et même à vous fouetter si on leur demande. Elles vous haïssent, comme moi.

Je donnerais trois mois de mon salaire pour vous tenir avec une de ces verges qui sont à macérer dans le vinaigre et le sel. Entendez-vous?

— Dans le vinaigre?...

— Oui, dans le vinaigre et le sel pour qu'elles soient plus dures et qu'elles cinglent plus fort. Vous ne pourrez pas vous asseoir pendant huit jours.

— Pitié, pitié! sanglota Miss Bellasis.

— J'aurai autant de pitié pour vous que vous en avez eu pour Miss Summerfield quand, à cause de vous, Miss Sinclair l'a emmenée pour la fouetter.

J'en aurai autant qu'en auront Miss Sinclair et Miss Everard pour votre derrière demain matin, quand elles le cingleront avec des verges.

Je pourrais avoir un peu de compassion maintenant, mais je n'en aurai pas. Je pourrais vous donner de l'alun dissous dans de l'eau, et, si vous vous laviez avec cette eau et la laissiez sécher sur votre peau, la verge vous ferait moitié moins de mal. Mais, vous sentirez chaque coup, il le faut.

— Je vous le dis, cria Miss Bellasis avec désespoir, je me tuerai avant!

— Non, vous ne le ferez pas, vous ne le ferez pas, répliqua Miss Cope avec un sourire plein de fiel. Miss Sinclair a pensé à cette occurence et m'a donné les instructions nécessaires. Dorothée va venir et vous tiendra compagnie jusqu'à l'heure du coucher; puis, ma chère Bellasis, je viendrai à mon tour et coucherai près de vous, et, afin que vous ne fassiez de mal à personne, pas plus qu'à vous-même, nous vous mettrons une belle camisole sans manches.

Il était clair que Miss Bellasis ne pouvait attendre aucun secours.

Dorothée vint, comme l'avait annoncé Miss Cope, et à dix heures, cette charmante personne revint elle-même pour tenir compagnie à Miss Bellasis.

Elle régala sa malheureuse compagne tandis qu'on la déshabillait, d'anecdotes de choix, sur des jeunes filles qu'elle avait connues et qui avaient été guéries de leur malhonnêteté au moyen de la verge.

— Vous serez une toute autre fille après votre fessée, Kate, lui dit-elle d'un air de jovialité affectée, tandis qu'on passait la camisole à Miss Bellasis, devenue sans résistance tellement elle était abattue.

Miss Cope dormit profondément près d'elle.

Pour Kate, ses rêves ne furent pas couleur de rose et elle dormit d'un sommeil pénible et agité. Plus de dix fois, elle vit près d'elle Miss Sinclair brandissant la terrible verge.

Mistress Rumble était levée avec l'aurore le fameux jour pour inspecter les verges.

Elle les sortit de leur bain et trouva les bourgeons et les branches grossis sous l'action de cette marinade.

Dans le *Virgile travesti* de Charles Cotton, il est dit qu'il fut un moment d'usage de faire macérer les verges dans l'urine, ou, pour employer l'élégante expression de Cotton, dans la pisse.

Il est rare, à présent, de voir employer ce genre de marinade.

Je ne sais ce que l'on pratique dans les prisons ou les maisons de correction, mais je ne pense pas qu'à Eton ou à Westminster les élèves soient fouettées avec des verges ainsi préparées.

Elles avaient, en tout cas, été fameusement préparées, les verges dont devait se servir Miss Sinclair. L'intendante les essuya un peu, et les posa sur une planche à dessin.

Elles étaient vraiment terribles à voir.

Le déjeuner, comme d'habitude, eut lieu à huit heures. On mangea dans le plus grand silence.

Une demi-heure de récréation suivit et à neuf heures toute l'école — à l'exception, bien entendu, de Miss Bellasis — était rangée dans la grande salle d'étude.

Cette salle pouvait faire, soit une vaste pièce, soit trois séparées, grâce à des cloisons de bois qui glissaient sur des rainures pratiquées dans le plancher.

Pour cette occasion, les barrières étaient ouvertes et quarante-neuf jeunes filles se tenaient là devant Miss Sinclair assise dans sa chaire.

La Directrice était très pâle et son attitude donnait l'impression d'une inexorable sévérité, mais son visage, néanmoins, ne laissait pas d'être merveilleusement beau. Les professeurs, Miss Everard, Mademoiselle de la Tourelle, et Fraulein Schrobbs n'occupaient pas leurs places habituelles, mais formaient un groupe derrière la Directrice.

Miss Sinclair se leva :

— Les élèves que je vais nommer, commença-t-elle, d'une voix claire et forte, quitteront immédiatement cette salle, iront au réfectoire et n'en bougeront pas sans permission.

Rapidement, elle nomma environ vingt-sept jeunes filles ayant toutes moins de quatorze ans, et plus d'une en sortant de la salle laissa voir sur sa figure une expression de gros désappointement.

Lucy Summerfield et Marian Talbot avec Miss Haselthine, Miss Hatherton et Marian Escott furent de celles auxquelles il fut permis de rester.

Quand la liste des exclues fut terminée, Miss Montis, cause bien innocente de tout ce qui allait se passer, se leva de son banc, vint vers Miss Sinclair et lui parla à voix basse. Elle parlait assez bien l'Anglais, ayant été à l'école à Philadelphie avant de venir en Angleterre.

— Je sais ce qui va se passer, chère Miss Sinclair, lui dit-elle, vous allez fouetter Miss Bellasis. Je ne dis pas qu'elle ne le mérite pas, mais ce spectacle n'est pas fait pour une Castillane.

Et elle ajouta :

— Si j'avais un méchant esclave, je l'enverrais fouetter au loin. Laissez-moi partir, je ne veux pas voir fouetter Kate.

— Comme il vous plaira, répondit la Directrice.

Et la bonne petite Montis salua, jeta un regard de curiosité et aussi de mépris sur le petit groupe des maîtresses et sortit rapidement.

La Directrice, alors, commanda de fermer la dernière cloison, ce qui divisa la salle en deux parties, la plus grande étant celle où se trouvait l'assemblée.

Les vingt-deux élèves présentes reçurent l'ordre de s'asseoir, ce qu'elles firent dans le plus grand silence.

Devant la chaire de Miss Sinclair, un grand espace se trouva libre.

— Maintenant, Miss Everard, dit la Directrice quand tout se trouva prêt, vous voudrez bien, s'il vous plaît, être assez aimable pour amener ici Miss Bellasis.

La gouvernante en chef fit sonner la cloche d'étude.

On attendait évidemment ce signal, car deux minutes s'étaient à peine écoulées que la prisonnière de la chambre entrait, escortée de Miss Cope et de Miss Rumble.

L'intendante n'était pas aussi mauvaise que Miss Cope, et bien qu'elle se sentit peu de compassion pour la condamnée, elle lui montra cependant cet intérêt qu'un sous-officier montre, en lui donnant un verre de rhum, à un pauvre diable de matelot condamné au fouet.

Aussi, quand Miss Rumble vint chercher Miss Bellasis, pour lui dire qu'on l'attendait en bas, elle lui porta une tasse de thé chaud, ce qui fit grand plaisir à la prisonnière qui, depuis la veille, n'avait eu que du pain et de l'eau.

— Qu'est-ce que vous avez mis dans ce thé? murmura Miss Cope, observant que Kate s'arrêtait souvent en buvant.

— J'ai mis une certaine quantité de brandy, répondit l'intendante; cela lui donnera des forces.

— Hum! fit Miss Cope, en effet, cela même lui permettra d'en supporter davantage.

Puis elle ajouta :

— J'en préviendrai Miss Sinclair pour qu'elle tape plus fort.

Kate Bellasis entra donc dans la salle d'étude, et fut amenée devant la chair de Miss Sinclair. Elle était plus pâle que sa maîtresse, d'une pâleur de cendre; l'eau-de-vie qu'elle avait bu, cependant, lui avait un peu rougi les pommettes.

Elle portait une robe de satin noir. La mode des crinolines régnait encore, mais Miss Cope avait malicieusement recommandé à Miss Bellasis de se dispenser d'en mettre une.

— Vous auriez à l'enlever de suite, lui avait-elle dit en ricanant.

Miss Bellasis avait obéi.

La Directrice la toisa de la tête aux pieds, avec un air de profond dédain. Elle descendit de sa chaire, regarda la coupable les yeux dans les yeux, l'air dégoûté.

—Avez-vous quelque chose à dire? demanda-t-elle.

— Non, Madame, sinon que j'étais folle.

— Vous avez déjà dit ça, hier, à Miss Cope. Nous avons ici de quoi guérir ce genre de folie. Vous

aurez recouvré votre raison dans une demi-heure.
Avez-vous encore autre chose à dire?

— Pardonnez-moi, Miss Sinclair, je suis sûre
que mon père.....

Comme elle parlait, Kate regardait anxieusement
de tous côtés pour apercevoir les verges.

Elle ne vit aucun préparatif de châtiment, et un
faible rayon d'espoir se glissa dans son cœur. Peut-
être, après tout, Miss Sinclair, se contenterait-elle
de lui faire de sanglants reproches, et lui pardonne-
rait. Mais cet espoir naissant n'eut pas longue durée.

— Votre père, répliqua la Directrice, me sera,
je l'espère, très reconnaissant de ce que je vais
faire à sa fille. Il vaut mieux pour elle, certainement, que toutes ses compagnes soient témoins de
sa honte que de se voir livrée à un policeman, et
traînée, les mains liées, dans les rues de Brighton
jusqu'à la prison. Je n'ai qu'à lever le petit doigt, je
n'ai qu'un mot à dire et cela va vous arriver. Vous
avez commis un acte passible d'un long emprison-
nement, sinon d'une condamnation à la servitude
pénale. Le respect que j'ai pour la position de votre
père m'empêche seul de vous livrer à la justice.
Sachez bien que c'est cela et pas autre chose; ce
n'est pas un sentiment de tendresse pour vous. Je
vous ferai souffrir entre ces quatre murs autant de
honte et de peine que je le pourrai. M'entendez-vous?
Honte et peine! Dans un instant, vous allez faire
connaissance avec la verge, si vous n'en avez
jamais vue. (Miss Sinclair, hâtons-nous de le dire,

n'en avait, elle aussi, jamais vue). Les coups de
cette verge, continua-t-elle, vous causeront une
peine, une souffrance, une angoisse plus terribles
que tout ce que vous avez jamais pu ressentir. Mais
ce n'est pas tout. Vous aurez la honte en plus. La
honte, en sachant que vous — une demoiselle de
votre position — vous dont le père et la mère ont
équipage, vous, une jeune fille déjà grande que
l'année prochaine on présentera à la cour — vous
qui vous jugez belle, spirituelle et intelligente, vous
aurez été fouettée comme une petite fille, comme les
voleuses et les vagabondes, exposée nue et attachée
devant vos condisciples. Menteuse et voleuse, votre
heure est venue, vous allez être fouettée.

Miss Bellasis tomba à genoux, ses yeux ruisse-
lants de larmes.

— Pour l'amour de Dieu, épargnez-moi, Madame!
cria-t-elle.

— Je ne vous épargnerai pas, je ne vous donnerai pas un seul coup de verge en moins, et ne
prenez pas en témoin le nom du Tout-puissant, ou
je vais vous bâillonner... Oh! oui, je sais, « Je serai
bonne, je serai bonne, je ne le ferai plus », vous me
direz cela plus tard... Mistress Rumble, apportez-
moi les verges.

L'intendante quitta la chambre.

— Maintenant, reprit la Directrice, s'adressant
à Kate, toujours à genoux, veuillez vous relever
ou je vous frappe jusqu'à ce que vous soyez
debout.

Et à la surprise générale, Miss Sinclair prit derrière son pupître une longue et fine badine — celle
avec laquelle elle avait commencé à fouetter Lucy
Summerfield — et elle en donna un coup sur les
épaules de Miss Bellasis.

L'idée de se servir de cette canne n'appartenait
pas toute entière à Miss Sinclair. Elle avait reçu ce
matin même de très bonne heure, un petit billet de
M. Calvedon dans lequel, après lui avoir de nouveau promis sa visite, il ajoutait :

« Vous trouverez qu'il est très utile de vous
» servir d'une petite badine souple, tandis qu'on
» arrangera votre coupable, et cela en prévision
» d'une résistance possible, mais soyez prudente et
» ne la frappez pas à nu, mais sur les vête-
» ments. »

Miss Bellasis se redressa d'un seul coup en poussant un cri de colère plutôt que de douleur, quand
elle se sentit pour la première fois de sa vie,
frappée avec une badine.

— Comment osez-vous ? dit-elle d'une voix
étranglée.

— Comment j'ose? comment j'ose? comment
j'ose? répéta Miss Sinclair à plusieurs reprises en
accompagnant chaque question d'un nouveau coup
de badine sur le dos et sur les épaules.

— Voilà comment j'ose! Tendez-moi votre main,
maintenant.

— Non, cria Kate en frappant du pied.

— Miss Cope... dit simplement la Directrice.

Miss Cope avait compris, elle s'approcha brusquement, saisit Kate au bras droit, par le poignet et
lui tint la main horizontalement. Kate fermait obstinément le poing et une grêle de coups vint la
frapper sur les phalanges. Elle se débattit comme
une anguille que l'on
écorche, se mordant les

lèvres jusqu'au sang, mais
elle finit par ouvrir la main.

Miss Sinclair lui donna six coups de toutes ses
forces.

— Tendez l'autre main, dit-elle.

Vaincue par la souffrance, Miss Bellasis tendit
la main, et reçut six autres coups. Elle sautait sur ses
pieds et se tordait, mais elle ne poussa pas un cri.

Elle avait reçu une des punitions cruelles en
usage dans les écoles, mais cela n'avait fait que
mettre en appétit Miss Sinclair.

Celle-ci posa la badine sur la chaire, respira fortement, et s'assit, les yeux dilatés et fixés sur sa
victime.

Mais presqu'aussitôt un spectacle plus excitant
détourna son attention.

Mistress Rumble entrait dans la salle d'étude,
portant les verges encore humides, sur la planche
à dessin, avec autant de solennité qu'en dut mettre
Hérodiate portant sur un plat la tête de Saint-Jean-
Baptiste.

Le cœur de la Directrice bondit quand elle vit
ces verges si grandes, si touffues, brunes et bril-
lantes encore de la saumure dans laquelle elles
avaient mariné. On les devinait terriblement dures.
Ses doigts frémirent. Le sang courut plus rapide
dans ses veines, sa bouche s'emplit de salive et son
souffle devint haletant. Elle porta ses mains à son
front, les veines de ses tempes lui parurent prêtes
à éclater et la sueur perlait à la racine de ses
cheveux.

— Oh! pensa-t-elle, si seulement Arthur était
ici. S'il était midi.

Quant à Miss Bellasis, elle contemplait les
affreuses verges avec des yeux terrifiés, hagards.

Elle avait entendu parler d'une telle chose, elle
avait lu des histoires à ce sujet, entendu plaisanter
ses frères, collégiens à Eton, mais là elle voyait réel-
lement, de ses yeux, l'horrible instrument,
plus horrible encore qu'elle avait pu se l'imaginer.

Une malheureuse, condamnée à la potence, n'a jamais regardé la corde avec un battement de cœur plus violent que celui qui saisit Kate quand elle aperçut les verges.

Mistress Rumble plaça un de ces affreux attirails sur le pupître et se croisant les bras attendit de nouveaux ordres.

— Vous êtes prête? demanda Miss Sinclair.

— Tout à fait prête, Madame.

— Déshabillez-vous, cria la Directrice à Miss Bellasis.

La malheureuse venait de prendre une résolution subite et désespérée :

— Je ne le ferai pas, Miss Sinclair, c'est un scandale, une honte. Je suis grande; je suis une femme.

— Si vous aviez vingt-cinq ans vous seriez quand même fouettée et déshabillée. Otez vos vêtements, vous dis-je!

— Je crierai, j'écrirai à mon père...

— Vous pouvez jeter des cris à vous faire entendre de toute la maison, on n'y fera aucune attention. Les domestiques savent que vous allez être fouettée à cause de votre vol; nos voisins le savent aussi. Quant à écrire à votre père, je vous donnerai des plumes, de l'encre et du papier et même un timbre pour écrire à M. Bellasis..., après que vous aurez été soigneusement fouettée. Voyons! avez-vous besoin d'un timbre. Vous êtes une grande demoiselle, vous avez dix shillings par semaine comme argent de poche.

Ceci fut dit sur un ton des plus sarcastiques et un murmure d'approbation courut parmi les maîtresses.

Les élèves étaient trop absorbées par l'intérêt tragique de cette scène pour songer à rire.

Miss Bellasis croisa les bras et répéta :

— Cela ne sera pas... Je mourrai plutôt!

— Vous serez alors fouettée avant de mourir, observa froidement Miss Sinclair. En attendant, nous allons faire ce que vous deviez faire vous-même. Miss Everard, Miss Cope, Mistress Rumble, déshabillez cette fille.

La gouvernante en chef, la sous-maîtresse et l'intendante s'avancèrent et, pour se servir d'une expression sensationnelle, « se saisirent de leur proie ».

Mistress Rumble était une robuste femme, habituée à lutter contre des élèves révoltées. Tandis que Miss Everard et Miss Cope tenaient Kate par le bras, l'intendante avait solidement appuyé son genou dans le dos de la demoiselle. Kate chancela et tomba sur le plancher où elle resta assise tandis que Mistres Rumble lui délaça rapidement ses bottines.

— Vous n'auriez pas dû les lui laisser mettre, dit-elle à Cope. Avec ces bottines-là, elle eut pu nous donner de bons coups de pieds. Là, maintenant ma chérie, continua-t-elle, vous pouvez ruez si cela vous plaît.

En même temps, les deux autres maîtresses avaient délacé Miss Bellasis, et dénoué ses jupons;

IX

elles la firent alors lever et tous les jupons tombèrent. Il y avait eu quelques difficultés dans ce
travail, mais un petit canif tendu à Miss Everard
par la directrice avait eu bientôt raison de tous les
nœuds compliqués.

— A quoi pensiez-vous donc Miss Cope, demanda
l'intendante, en la laissant s'arranger ainsi. Elle
n'avait pas besoin de tout cet attirail, la pauvre.
Vous auriez bien pu l'amener ici en peignoir.

— Je suis sûre d'avoir fait pour le mieux, répliqua la sous-maîtresse dépitée. Je lui ai dit de ne
pas mettre sa crinoline, mais je l'ai laissée s'habiller
parce que je pensais que Miss Sinclair se conten-
terait de lui relever sa robe et ses jupons. En tout
cas, c'est fini maintenant.

Oui, c'était fini, jupes et robes étaient à terre, et la
jeune fille avait crié d'une pitoyable façon et désespérément lutté pendant cette ignominieuse opération.

Mais que pouvait-elle faire contre trois fortes
femmes qui en avaient trois autres près d'elles, toutes
prêtes à les aider en cas de besoin.

Je pense même que plus d'une élève aurait
volontiers prêté son concours.

La chevelure de Kate s'était défaite pendant le
combat, et flottait sur ses épaules. Le filet qui les
maintenait était déchiré.

Miss Cope fut assez bonne pour lui donner le
sien et pendant qu'elle ramassait les cheveux dorés
de la pauvre fille, elle se disait tout bas qu'elle
aurait bien du plaisir à les couper.

Les bourreaux lâchèrent un moment leur proie,
comme des chats qui feignent d'abandonner une
souris.

Kate Bellasis était certainement devenue folle,
car, comme le fait alors la malheureuse souris, elle

profita de ce répit
pour essayer de
s'enfuir.

Ses cruelles condisciples éclatèrent de
rire en voyant la belle courir vers la porte
aussi sommairement vêtue qu'elle était.

Cette course fut brusquement interrompue, car
derrière la porte, quand elle l'ouvrit, elle trouva la
cuisinière, la femme de chambre et le groom Stiggles
qui guettaient avidement les préliminaires de l'exécution.

Pendant ce temps, Miss Sinclair ayant donné
ordre à tout le monde de rester en place, avait
couru, la canne à la main après la fugitive, l'avait
saisie par le bras, et traînée dans la salle.

Appelant alors Miss Everard et Miss Cope elle
leur donna sa prisonnière et regagna le couloir.

Les domestiques s'enfuyaient déjà, mais elle les
rappela.

— Vous en avez trop vu maintenant, leur dit-elle
en riant, pour ne pas voir le reste. Seulement, tenez
la porte. Vous aussi, Master Stiggles, vous pouvez
rester. J'aurai à vous causer tout à l'heure.

La Directrice revint à son poste. Elle fit le mou-
vement de frapper encore sur le dos de Miss Bellasis mais elle se retint, réservant ses forces pour
mieux manier la verge.

— Conduisez-la au pupitre, Mesdames, dit-elle.
Miss Bellasis était maintenant dévêtue à l'exception
de sa chemise, de ses bas, de son pantalon et d'une
camisole de soie.

Les maîtresses la traînèrent jusqu'au pupitre de
Miss Sinclair que l'on avait tourné de façon à ce
que la partie sur laquelle on étendrait la patiente
fut bien à la vue de toute l'assistance.

Mistress Rumble avait descendu deux oreillers
et les plaça sur le pupitre.

Ces délicates attentions quand on s'apprête à
fouetter quelqu'un sont vraiment très touchantes.

Les blocs spéciaux en usage dans les écoles pour
la peine du fouet sont capitonnés et les cuisses et

les reins des prisonniers sont aussi parfois emmaillottés de ouate avant l'exécution.

Miss Bellasis fut donc placée de façon à ce que son ventre se trouvât sur le plat du pupitre, reposant sur un des coussins, sa tête reposant sur l'autre. Elle pouvait ainsi voir le plancher sous le pupitre, ses pieds pendaient à trente centimètres au-dessus du sol.

Miss Sinclair avait d'abord pensé à lui mettre un tabouret sur les genoux, mais elle réfléchit qu'elle se trouverait mieux placée sans défense en ayant les jambes pendantes.

D'après ses ordres, Miss Cope lia les jambes de la jeune fille, avec des cordes de soie.

Mistress Rumble saisit un de ses bras, Mademoiselle de la Tourelle l'autre, et on lui attacha également les poignets avec une autre corde du même genre.

Quant à Fraulein Schrobbs, on lui dit que son rôle serait de relever et de tenir la chemise.

Quand tout fut prêt, Miss Everard eut l'heureuse pensée de faire remarquer que les jambes de Kate étaient, il est vrai, solidement liées, mais qu'elle pouvait encore les lever et donner des coups à la personne opérant derrière elle.

Miss Sinclair pensa d'abord à appeler une des femmes de chambre, mais l'idée lui vint aussitôt d'attacher au bout de la corde un poids assez lourd, d'au moins trente livres, dont on se servait pour tenir, en cas de besoin, la porte ouverte.

— De cette façon, elle ne ruera pas, pensa Miss Sinclair.

Tous les préparatifs étaient donc terminés. Les verges s'étalaient sur une chaise à côté du pupitre.

— Relevez sa chemise, cria Miss Sinclair à Fraulein Schrobbs.

La maîtresse d'allemand releva la chemise, non sans difficulté, car le dernier acte de Kate dans ses luttes convulsives quand on l'avait placée sur le pupitre avait été de serrer sa chemise entre ses cuisses. Fraulein put cependant la tirer, et put la rouler sur le dos de la patience.

— Maintenant, son pantalon, baissez son pantalon, dit Miss Sinclair.

— Oh ! laissez-moi mon pantalon, laissez-moi mon pantalon, dit Kate qui avait évidemment renoncé à toute résistance. Battez-moi sur le dos, Miss Sinclair, mais pas là, c'est trop honteux.

— Je le sais, répliqua la Directrice, et c'est pourquoi je vais vous fouetter de cette façon. Allez, Fraulein Schrobbs !

La maîtresse d'allemand dénoua les cordons du pantalon de Miss Bellasis, pantalon de fine étoffe, tombant jusqu'à ses mollets.

Enfin, la croupe de Miss Bellasis, le pantalon tombé, fut exposée dans toute sa splendeur. Je dis splendeur et le mot indique bien la situation

Ses formes parfaites, ses proportions exactes, son galbe étonnant en eussent fait un modèle digne d'un sculpteur de l'antique Grèce.

Pourtant le fin poli, le grain délicat de la peau semblait pour l'instant disparu, la terreur de Kate lui donnant ce hérissement que l'on appelle chair de poule.

Mais la couleur demeurait chaude et dorée comme celle d'une Espagnole.

La victime avait fermé les yeux, joint les mains et serré les lèvres avec angoisse.

Elle était prête.

Miss Sinclair, la taille haute, rouge comme une écrevisse, prit la verge d'une main nerveuse, calcula la distance et levant les branches souples qui sifflèrent dans l'air fit tomber un premier coup.

Une longue traînée rouge en marqua la place.

Un gémissement étouffé sortit des lèvres de la voleuse, mais elle serra les dents.

Aussitôt, un deuxième coup s'abattit, le coup était très violent, si violent qu'un morceau de branche se brisa et vint tomber sur le parquet, montrant qu'une verge ne macère jamais assez longtemps dans la saumure. Miss Sinclair était tout à sa besogne.

Elle se tenait aussi ferme qu'un roc, et lentement, posément, l'un après l'autre, les coups de verge s'abattaient sur la chair frissonnante.

Miss Bellasis avait abandonné toute idée de résistance, elle criait lamentablement :

— Pas si fort!... pas si fort!... Ah!... ah!... non, non!... Je vous en prie...

Impitoyablement la verge s'abattait, comme mue par un ressort automatique.

Rien ne les faisait dévier, pas un coup qui ne portât.

Les fesses de la patiente commençaient à changer de couleur !

Il y eut d'abord de larges taches rouges qui en couvraient toute la surface.

Puis, la rougeur s'assombrissait et il se forma des veines et des sillons violets.

Les yeux de la jeune fille s'emplissaient de larmes, ses lèvres étaient au rouge le plus vif, car elle les mordait jusqu'au sang !

— Vous, méchante fille, cria Miss Sinclair, voyez, voyez, et elle ponctuait chaque mot d'un coup violent de la terrible verge, — voyez ce que vous valent vos instincts pervers.

Miss Bellasis se tordait comme un ver chaque fois que la verge la cinglait, elle pressait avec force son ventre sur le pupitre comme si elle eut voulu y entrer.

— Pitié ! Ayez pitié !

— Pas de pitié pour une voleuse !

— ... Je... Oh !... pitié !... pitié !...

— Vos larmes ne me touchent pas, coquine. Vous volez vos compagnes, vous volerez vos parents, et, plus tard, vous finirez aux galères !...

La ligne divisant les deux globes de chair paraissait maintenant étrangement blanche, en comparaison des deux autres parties enflammées.

La patiente se tordait de plus en plus et faisait des
efforts désespérés pour fuir l'horrible supplice.
Les yeux de son bourreau brillèrent en voyant
cette lutte, et elle se rapprocha, prit une autre
position pour frapper encore plus fort, et elle y
mit tant de rage que la verge ne fut bientôt plus
qu'un tronçon.

Miss Bellasis crut que c'était fini et ses
compagnes le crurent aussi, car un soupir de
soulagement sortit de toutes les poitrines.

Les larmes jaillirent des yeux de la victime.

— Laissez-moi partir, maintenant, je ne ferai
jamais rien de mal.

— Vous avez encore à réfléchir, dit l'inflexible
Directrice. Je n'ai pas fini. Il va vous en cuire
encore; vous n'oublierez jamais cette punition,
aussi longtemps que vous vivrez.

Kate gémit et ferma les yeux.

— Miss Everard, dit alors Miss Sinclair, je suis
lasse et je dirai même dégoûtée de cette besogne si
peu dans mes habitudes. Je vous prie de prendre
ma place et de continuer.

Miss Everard prit alors la verge, un sourire
méchant sur les lèvres, et s'approcha.

— Non!... non!... Vous n'avez pas le droit...
Oh!... laissez-moi, laissez-moi!... maintenant!...
sanglota la victime.

— Silence, voleuse! dit la Maîtresse de *Verbena
House*, et se tournant vers Miss Everard, elle
ajouta :

— Allez !

Miss Everard brandit furieusement la verge, et commença à fouetter, en se servant surtout de l'extrémité.

La peau semblait maintenant prête à éclater, et les ecchymoses commençaient à devenir plus nombreuses. La ligne restée blanche entre les deux hémisphères mis à la torture devint bientôt de la même couleur.

Miss Sinclair se rapprocha, ayant repris haleine.

— Toutes vos compagnes ont vu la honte et la disgrâce qu'une jeune fille s'attire par une aussi mauvaise action et qui refuse obstinément de profiter des quotidiennes leçons que je m'efforce de lui donner, ne voulant pas apprendre à distinguer entre le mien et le tien et s'appropriant le bien des autres. Le démon sera chassé de votre intérieur et à l'avenir, celle de mes jeunes élèves qui, oubliant votre terrible exemple, vous suivra dans votre chute, aura le même sort, le même traitement. Miss Everard, un peu plus fort, je vous prie.

Il est probable que Miss Bellasis n'entendit presque rien de ce discours, occupée qu'elle était à gémir et à se plaindre aussi fort qu'elle pouvait. Et cela n'était pas étonnant, car Miss Everard n'y allait pas de main-morte et n'avait pas besoin d'être invitée à plus d'énergie. Elle faisait siffler terriblement la verge et l'abattait aussi bien sur

la croupe que sur le haut des cuisses. Ces deux
colonnes blanches étaient rouges maintenant.
Miss Everard aimait à frapper sur les places
fraîches.

Les cris de Miss Bellasis devenaient horribles.
Elle se tordait en de vains efforts pour fuir
l'affreux tourment.

Ses cris : « Ah!... assez!... Pas si fort!... Pas
là!... » — quand les cuisses étaient cinglées —
se succédaient sans interruption et bientôt la
seconde verge ne fut plus qu'un tronçon. Miss
Everard laissa tomber son bras courbaturé.

— Ah!... ah!... ah!... Grand Dieu!... Pitié!...
Je ne puis plus!... je ne puis plus! criait Miss
Bellasis, en se remuant si fortement qu'il fallut
toute la force de Schrobbs et de la Tourelle pour
la maintenir.

De pourpre qu'elle était, Miss Sinclair était
devenue pâle comme une morte.

— Prenez garde à ma verge, vous toutes,
maintenant que j'en ai appris l'usage.

Et elle se saisit de la troisième verge.

Un frisson parcourut l'assemblée.

Tout le monde comprit qu'on touchait au
dernier acte de ce terrible drame.

— Comment trouvez-vous cela, Miss Bellasis?
Dites à vos camarades comme cela est bon, et elle
se remit à frapper sur le malheureux derrière
tuméfié et qui offrait maintenant un spectacle
vraiment pitoyable.

— Ah!... ah!... ah!... Oh!... oh!... oh!... Je vais
mourrir si vous n'arrêtez pas, chère Miss Sinclair.
Je suis vraiment... horriblement... punie!... Je
brûle!... Je vais mourir!...

Maintenant, le vrai désir de Miss Sinclair —
elle aurait eu honte de l'avouer — était de faire
jaillir le sang de sa victime. Sans pitié pour elle,
et malgré les cris, les supplications et les sanglots
de la malheureuse, elle frappait sur les endroits
les plus enflammés, sur les parties tuméfiées avec
une telle force, que bientôt des gouttes de sang
perlèrent. Cette vue augmenta sa rage; elle vit
rouge et cette croupe si charmante un quart
d'heure avant, n'offrait plus qu'un amas de chair
noirâtre; le sang coulait maintenant le long des
cuisses, venant rougir les bas.

— Le ferez-vous encore? Volerez-vous encore?
Déroberez-vous encore?

Chaque question était accompagnée par un coup
plus terrible; des brindilles et des branches de la
verge sautèrent de tous côtés.

Miss Bellasis ne pouvait plus maintenant que
dire d'une voix faible : « Non! non! Jamais plus!
Je le promets! » et elle s'évanouit au moment
même où Miss Sinclair laissa tomber de ses mains
le tronçon de la verge qu'elle venait de lui briser
sur les reins.

Immédiatement, il y eut une volte-face dans les
sentiments de ceux qui venaient de se réjouir de
cette scène, et tous s'empressèrent de venir au

secours de la victime, objet de leur amuse-
ment.

On la délia, on couvrit soigneusement son
malheureux derrière, tout en sang, et on l'emporta
pour la mettre au lit.

Chacun semblait heu-
reux que justice eut été

faite. Le plancher était cou-
vert des débris des trois
verges et Miss Sinclair, le
sang en ébullition, se retira
dans son salon privé.

Le démon de la flagellation avait
saisi Miss Sinclair et ses lèvres semblaient murmurer : « Encore! encore! »

Dorothée, la femme de chambre, ne s'était, de
son côté, jamais trouvée dans un état semblable.

Quant aux élèves, elles avaient un peu perdu la
tête.

Elles coururent au préau, où elles se formèrent
en groupes, causant avec une exaltation fébrile
de ce qu'elles venaient de voir.

Miss Sinclair était donc entrée dans son salon ;

elle se laissa tomber dans un fauteuil, ferma les yeux et respira bruyamment.

Les rideaux de cette pièce étaient à demi-tirés et un demi-jour discret pénétrait seul à travers les fenêtres.

Miss Sinclair était anéantie; sa main lui faisait mal, la main qui avait tenu la verge; la sueur lui coulait du front.

Elle resta quelque temps ainsi, mais mille pensées bientôt firent irruption dans son cerveau et des images voluptueuses la firent tressaillir.

Inconsciemment, elle se mit à rêver tout haut, prononçant des phrases, qui, en d'autres moments, l'eussent fait rougir.

Enfin, elle se leva, dominant un moment le trouble de ses sens, arrangea sa chevelure, et ayant ouvert un flacon d'une odeur pénétrante et suave, mouilla son mouchoir et se lava le front et les yeux.

Certes, Miss Sinclair n'était pas une vierge innocente, mais elle avait toujours soigneusement caché sous de respectables dehors, ses... irrégularités.

A mesure qu'elle avançait en âge, loin de se calmer, son tempérament devenait plus ardent, et la joie sadique qu'elle avait éprouvée à torturer la belle croupe de Miss Bellasis lui mettait, ce jour-là, le feu dans les veines.

Quelqu'un, à ce moment, frappa doucement à la porte.

— Qui est là? dit Miss Sinclair en se retournant brusquement.

La voix de Dorothée répondit :

— S'il vous plaît, Madame, c'est le Révérend M. Calvedon.

Miss Sinclair se regarda dans son miroir, se mordit les lèvres pour les rougir un peu, et souriant d'aise, marcha rapidement vers la porte qu'elle ouvrit.

Le Révérend Arthur, coquettement vêtu, aussi frais qu'une rose nouvelle, était sur les talons de Dorothée. La femme de chambre s'effaça et le favori des dames de la haute église entra.

La porte fut refermée.

Il saisit les mains de Miss Sinclair et les pressa dans les siennes.

— Vous allez bien, ma chère Miss Sinclair? demanda-t-il, et il s'arrêta, souriant malicieusement.

Miss Sinclair alla s'asseoir au bout d'un grand sofa. Arthur se mit devant elle, assis sur une chaise basse, lui tenant toujours les mains.

— Ne me le demandez pas, finit-elle par lui répondre. . Vraiment, je ne sais où j'en suis. Le châtiment que j'ai dû infliger à cette méchante fille m'a ébranlé tout le système nerveux. Je ne sais si je pourrai m'en remettre !

Arthur voyait bien l'agitation de sa poitrine, l'éclat inaccoutumé de ses yeux, et il se prit à penser que l'instant peut-être était venu de mener

à bien ses secrets projets qu'il avait longtemps
caressés.

Et quand un homme est un prêtre à la langue
dorée et flatteuse, une femme n'a pas de chance
d'échapper à son influence.

— Ma pauvre amie, murmura-t-il de cette voix
câline dont il savait si bien charmer ses pénitentes
à l'église de Saint-James Street, mon expérience du
monde est bien légère, mais je pense que je puis
très faiblement calmer les émotions qui affectent en
ce moment votre tendre cœur.

Ici, ses mains quittèrent celles de Miss Sinclair,
il rapprocha son genou du sien et laissa, comme
par hasard, sa main droite, blanche et fine, toute
ornée de bagues, errer sur la robe de la directrice.

C'était la scène de Tartuffe.

— Je me souviens d'une plainte, ajouta-t-il, qui
me fut faite par un père très sévère, au sujet de son
fils qu'il m'avait confié pour le préparer à un exa-
men. Je résolus alors de soumettre ce gamin de
seize ans à la peine du fouet.

M. Calvedon fit une pause pour voir l'effet que
produirait son histoire. Miss Sinclair écoutait avec
attention ; alors, il se leva, marcha vers la porte,
donna un tour de clef et revint s'asseoir.

— Que faites-vous donc ? demanda Miss Sinclair.

— Je ne veux pas être troublé, chère Madame,
pendant que nous allons causer de la correction de
ce matin ; souvenez-vous que c'est un sujet très
sérieux et qu'il peut influer sur tout votre système

x

d'éducation que vous avez pu jusqu'à ce jour suivre sans recourir aux châtiments corporels.

— Ceci est très juste, cher Monsieur. Comme vous me comprenez ! Et elle poussa un profond soupir.

Arthur se rapprocha. Il sentit que la victoire allait se décider.

— Reprenons notre histoire, dit-il ; je conduisis donc le jeune homme dans ma chambre à coucher et lui donnai l'ordre de se dévêtir ; je lui liai les mains, le fis s'étendre à plat ventre sur mon lit et, le retenant d'un bras, je le frappai sévèrement sur le derrière, avec une brosse à cheveux, jusqu'à ce qu'il criât miséricorde.

Miss Sinclair semblait mal à l'aise et finit par dire :

— Je ne vois pas bien quel rapport peut exister entre mon ennui d'aujourd'hui, d'avoir été forcée contre mon tempérament à me montrer cruelle et votre sévérité envers votre élève.

Arthur sentit quelque dépit et une certaine impatience en voyant que sa proie ne se livrait pas à l'audition de ses expériences de flagellateur, aussi rapprocha-t-il encore sa chaise, de façon à serrer ses jambes contre celles de la directrice, et lui tenant la main plus solidement encore et la voix pleine d'une émotion grandissante, il continua :

— Depuis ce jour, Madame, je ressentis un plaisir étrange à administrer des punitions convenables à des enfants de l'un et de l'autre sexe et dans certains

cas, j'eus même des adultes pour victimes. Je me
doute de vos impressions de ce matin. Vous avez
sans doute constaté ces remarquables mouvements
de l'esprit dont je parle, et pauvre charmante et
faible créature, vous êtes incapable de les analyser

comme je le fais. J'ai consulté avidement, pour ma
part, les œuvres des pères, et Sanchez et Meibomius,
et Adrianssen m'ont révélé que je possédais en
maître tous les secrets de la flagellation.

Miss Sinclair, les yeux hors de la tête, en voyant
ainsi les secrets de sa pensée devinés restait immo-
bile et comme un oiseau que fascine un serpent.
Enfin, elle soupira :

— Je... je... je... ne vous... comprends pas.

— Naturellement, exquise créature, ces noms
barbares d'écrivains ne vous disent rien, mais je

vous apprendrai bientôt le plaisir divin de fouetter
ou d'être fouetté combiné avec les délices adorables
d'un amour partagé.

Et sans perdre de temps, tombant à genoux,
Arthur entoura de ses deux bras la taille de sa
victime et la fixant passionnément, il lui murmura
ces mots irrésistibles qui ne manquent jamais leur
effet même quand ils sont mensongers :

— Je vous aime !...

— Oh ! M. Calvedon. Je vous en prie ! Non, vous
n'avez pas le droit de me parler ainsi ! Comment
osez-vous ? Otez vos mains ! Je vais appeler ! Oh !
Arthur ! Oh !...

Le lecteur devine les gestes qui suscitaient ces
phrases entrecoupées.

Arthur ne déployait qu'une éloquence mimique,
mais elle était sans doute plus efficace, car Miss
Sinclair finit par abandonner toute idée de résistance.

Quand ils se réveillèrent de leur heureux songe,
ils n'étaient ni lassés, ni rassasiés. Ce fut pour
Arthur l'instant si désiré où ses passions de flagellateur allaient enfin pouvoir goûter la plénitude de
leur assouvissement.

— Savez-vous, murmura-t-il à son amie, que
rien n'incite davantage aux plaisirs de l'amour que
de fouetter quelqu'un. Et voulez-vous que je vous
révèle un autre mystère, c'est que des hommes
n'ont pas de joie plus grande que de se faire flageller
par celles qu'ils aiment et que leurs maîtresses

goûtent ce sport au plus haut degré, car elles ne
tardent pas à s'apercevoir de l'effet produit, tout à
l'avantage de la volupté !

— Non, vraiment, Arthur, est-ce possible ? Comme
cela est étrange !

— Tenez, je vais vous le montrer.

Et l'impétueux clergyman, sans perdre une
minute, se mit dans la posture la meilleure pour
recevoir des mains de Miss Sinclair une correction
du genre de celle infligée à Miss Bellasis... Oh !
moins sévère, cela va sans dire.

— Maintenant, chère, frappez-moi de toutes vos
forces. Allez !

— Oh ! non, cela est trop ridicule. Je ne pourrai
jamais, j'en suis sûre.

— Allez !... chère !... allez ! implora-t-il.

Enfin, Miss Sinclair se prit à rire et elle obéit.

— Votre main est bien douce, mais vous ne
frappez pas assez fort.

— Est-ce mieux ? dit-elle.

Son sang commençait à s'échauffer comme le
matin. Et ceci, et ceci, et vraiment elle y mettait
tant d'ardeur que la croupe luxuriante du Révérend
se prit à rougir.

Les coups de sa main ouverte se succédaient
avec rapidité, de plus en plus violents, si violents
qu'Arthur finit par se laisser choir sur le sofa en
demandant grâce. Mais ce n'était pas assez.

Quand Arthur eut repris ses sens, il commença
ses câlineries et moitié par persuasion, moitié par

force, il coucha sur ses genoux Miss Sinclair et lui rendit dans la bonne mesure le sauvage plaisir qu'il venait de goûter.

Elle semblait y prendre goût, mais ne le toléra pas si longtemps que lui.

Quand cette étrange équipée eut pris fin, les deux amants réparèrent le désordre de la chambre.

Cinq minutes après, assis l'un en face de l'autre, séparés par la table ronde que recouvraient des albums photographiques et des livres édifiants, ils buvaient un verre de vieux sherry, causant comme des personnes graves et austères. Nul n'aurait pu soupçonner les scènes lascives dont ils venaient d'être les héros.

Ils avaient ouvert à demi la porte et le sujet de leur conversation était le châtiment qu'ils projetaient d'infliger à Miss Hazeltine et à Miss Hatherton.

Les yeux de Miss Sinclair brillaient sous la double influence du sherry et de la volupté. Elle émit sans crainte le vœu de devenir une héroïne intrépide de la verge, en faisant servir ses pupilles à ses desseins.

Arthur applaudit, lui murmura encore ses mauvais conseils, et les deux complices, maintenant aussi dévoués l'un que l'autre au culte de la verge, eurent bientôt combiné leurs plans pour les corrections du lendemain, et le lecteur verra avec quels soucis, s'il a la patience de lire jusqu'au bout.

Comme il m'a suivi jusqu'ici, je ne doute pas qu'il ne me suive encore jusqu'à la fin.

TROISIÈME PARTIE

Les Flagellants

Quand le soleil vint dorer les vitres de sa chambre, cherchant à glisser ses rayons par le moindre interstice, Miss Sinclair commençait à se réveiller, toute réconfortée par une nuit de bon sommeil.

Elle se leva, fit lentement, posément, ses ablutions et sa toilette.

Une demi-heure après elle était toute parée, toute fraîche et parfumée.

Une chemise de foulard bleu, garnie de Valenciennes, un peignoir de piqué blanc, des bas noirs, de fines mules, telle était la printannière toilette dont elle s'était revêtue.

Les élèves furent ce matin-là d'une obéissance rare et firent leur devoir avec la plus grande attention.

Miss Sinclair ne put résister au plaisir de rendre une visite à Miss Bellasis, au moment où elle passa près du dortoir des grandes, pour voir les effets de sa flagellation.

Elle tourna le bouton de la porte sans frapper et traversa au milieu de la double rangée de compartiments.

Toutes les élèves étaient à l'étude; seule, la pauvre Bellasis demeurait au lit.

Elle dormait profondément dans le dernier compartiment qui contenait trois lits.

Ses yeux étaient encore rouges, mais une légère teinte rose couvrait le milieu de ses joues; ses longs cheveux dénoués couvraient ses épaules. Dans sa position abandonnée, elle laissait voir sa jeune poitrine de vierge, et ses deux seins délicats et blancs.

— Pauvre chérie! se dit Miss Sinclair, il n'y a pas de doute qu'elle a succombé à une soudaine tentation. Je pense qu'il me faudra veiller à ce qu'aucune de mes élèves n'ait plus d'argent que ses compagnes. Comme elle dort profondément.

Elle lui toucha doucement l'épaule.

La pauvre fille ouvrit les yeux, et rougit en voyant la Directrice.

— Oh! Miss Sinclair, dit-elle, d'un ton qui montrait à quel point sa superbe arrogance avait été humiliée. J'espère que vous m'avez pardonné.

— Oui, certainement, ma chérie ; vous avez subi le châtiment de votre faute et il n'en sera plus question.

Elle se baissa et lui baisa le front avec tendresse.

— Je serai une bonne fille, maintenant, Miss Sinclair, murmura Kate, les larmes aux yeux.

— Allons, c'est bien, Miss Kate, ne vous chagrinez plus et ne vous fatiguez pas, et elle lui caressait la joue. Je vais vous envoyer du réconfortant.

Il y eut une pause ; puis Miss Sinclair soulevant les draps, voulut faire retourner son élève et lui demanda d'une voix hésitante :

— Dites-moi... comment... cela va-t-il ?

— Oh ! dit Miss Bellasis comprenant la question, Mistress Rumble a été très bonne, elle m'a enveloppé de linges et m'a mis du cold-cream et de la fécule de pommes de terre. Je ne sens plus de brûlure. Je suis bandée comme une momie.

Après quelques mots d'amitié, Miss Sinclair quitta sa victime et alla reprendre ses fonctions de chaque jour, mais une pensée l'obsédait : celle des châtiments qu'elle méditait à nouveau pour Miss Hatheltine et Miss Hatherton.

Elle trouvait une excuse dans son intention de ne plus démoraliser ses élèves par des exécutions publiques, chose, à dire vrai, assez répugnante.

Mais sa pensée était que rien ne vaudrait pour son plaisir une flagellation privée, portes closes, sans gouvernante auprès d'elle.

Elle pourrait ainsi fouetter doucement ou rapidement et varier les poses de ses victimes.

Elle songeait également à d'autres instruments et se disait que pour changer, elle fouetterait sur les reins.

— Je demanderai l'avis d'Arthur, se murmurait-elle. Il faudra qu'il me renseigne sur cette flagellation, à l'aide d'une brosse à cheveux dont il m'a parlé. J'aimerais à l'expérimenter sur lui, mais je voudrais l'attacher solidement pour goûter ce plaisir de tenir en ma main et de dominer cet homme fort. Je ne voudrais pas cependant lui faire du mal. Seulement lui rougir la peau.

Le temps s'était écoulé si rapidement que notre flagellatrice avait oublié de donner des ordres pour se procurer une nouvelle collection de verges, aussi se détermina-t-elle à user d'autres moyens, surtout que l'exécution devait avoir lieu en secret. Il valait donc mieux que les boutiquiers voisins ne sachent pas de combien de verges on avait maintenant besoin à *Verbena-House*.

Le déjeuner eut lieu. Quelque temps après, quelqu'un sonna discrètement à la porte des visiteurs. C'était le Révérend Arthur, aussi pimpant que d'habitude, un peu rouge peut-être quand il entra dans le hall dont les portes venaient d'être ouvertes par Mistress Rumble.

Elle sourit d'une façon singulière et qu'Arthur feignit de ne pas voir et dit :

— J'ai ordre de vous conduire à la chambre rouge. Mademoiselle sera prête dans un instant.

Le gentleman pour répondre avait la bouche trop sèche d'une certaine émotion qui le tenait en ce moment, mais il déposa sans rien dire son ombrelle, accrocha son chapeau et, toujours sans rien dire, mit la main à la poche et déposa dans celle que lui tendait déjà en voyant son geste, Mistress Rumble, une pièce d'une demi-couronne.

— Merci beaucoup, Monsieur, dit-elle avec une révérence, il va y avoir... deux élèves qui... aujourd'hui...

— Oui, je sais, répondit-il avec impatience, et Mistress Rumble le laissa monter tranquillement, prenant seulement bien garde que personne ne le vît.

Il ne fut pas plutôt laissé seul dans la petite chambre rouge en question, Mistress Rumble étant allé prévenir la Directrice, qu'il poussa un long soupir et jeta des regards curieux autour de lui.

— C'est donc ici que les deux petites coquines vont subir leur peine, se dit-il. Où pourrai-je bien me cacher ? Mais... ici... dans cette chambre à côté. La porte peut se fermer et je suis juste en face du petit théâtre de flagellation.

Et, tirant une vrille de sa poche, il perça rapidement un trou assez grand dans un panneau de la porte, souffla la poussière et y appliqua son œil.

Il pouvait voir parfaitement.

Dans un coin de la chambre rouge se trouvait un tréteau dont le sommet était très large, sur ce tréteau était placé une planche de bois noir, de grande dimension. Il l'enleva et vint la placer droite en face de son observatoire. Il amena ensuite le tréteau devant cette planche.

— Ainsi, se dit-il, la peau blanche de ces petites va se détacher exquisement sur ce noir.

Un bruit de pas se fit entendre dans l'escalier et il sortit précipitamment de sa poche quatre courroies neuves, munies de boucles, les déposa sur le tréteau et courut s'enfermer dans son petit observatoire.

Il n'y était pas plutôt installé, l'œil appliqué au trou de vrille que la porte de la chambre s'ouvrait avec force et que l'une des deux patientes était violemment poussée au milieu de la pièce où elle resta debout, le mouchoir sur les yeux, gémissant et sanglotant.

La voix de Miss Sinclair à ce moment se fit entendre du dehors; elle disait à Mistress Rumble et à Miss Cope, qu'elle n'avait pas besoin de leur assistance et préférait punir seule les deux méchantes enfants.

Puis, elle entra dans la chambre; elle portait un petit paquet qu'enveloppait un mouchoir de poche, elle le déposa sur le tréteau, et alla fermer soigneusement la porte. Ses yeux brillèrent quand elle aperçut les courroies; et elle regarda vers la porte derrière laquelle se tenait Arthur.

Elle pensa qu'il n'était pas loin, et son visage
s'éclaira, puis reprenant son rôle, elle cria, les
sourcils froncés :

— Miss Hazeltine!

La jeune fille qui se tenait là, sanglotant, écarta
son mouchoir de ses yeux remplis de larmes.

C'était une enfant de quatorze ans, frêle et pâle,
avec de grands yeux et des cheveux d'une couleur
encore indécise.

Un médecin eut diagnostiqué de suite une grande
pauvreté de sang en voyant cette peau diaphane.

Si on ne la traitait pas avec beaucoup de soin à
l'époque des troubles de la puberté, elle était
condamnée pour le reste de ses jours au supplice de
l'anémie. Mais elle était malgré tout jolie, et sa
pâleur lui donnait l'air d'un modèle, voir d'une
martyre des premiers siècles.

Miss Sinclair put voir que ce pauvre petit corps
ne serait pas capable de recevoir un châtiment bien
sévère. Elle se résolut donc à la tracasser et à
l'humilier longtemps, quitte à la fouetter un peu
moins.

— Miss Hazeltine, répéta-t-elle, qu'y avait-il
dans votre bouteille?

— Du gin, Madame, et la pauvre petite crut
de son devoir de recommencer ses gémissements.

— Et pourquoi buvez-vous du gin s'il vous plaît?
continua son bourreau, qui pouvait à peine s'empêcher de rire.

— Oh ! s'il vous plaît. J'aimerais beaucoup ne pas vous le dire. Hou... hou... Et je ne veux pas être fouettée... Je le dirai à mon père... Mon Dieu que je suis malheureuse...

— Vous, petit chat, dit Miss Sinclair, je vous enlèverai votre méchanceté...

Et, allant au tréteau, elle ouvrit le paquet qui contenait une brosse à cheveux, une cravache, une bouteille d'arnica et un livre.

Armée de la cravache, elle marcha vers la petite épouvantée et lui donna un coup sur la partie de son bras qui était à nue et un coup sur l'épaule.

Miss Hazeltine cria désespérément, et tomba à genoux frottant d'un air piteux les endroits frappés.

— Et maintenant, me direz-vous?...

— Vous êtes si cruelle, murmura-t-elle en retenant ses sanglots. Mais si vous voulez le savoir, les grandes m'ont dit que je ne serais jamais une femme si je n'avais pas... comme elles... tous les mois... vous savez... et elles disaient qu'en buvant du gin, cela viendrait. Alors, j'en ai acheté. Mais je n'en ai pas bu beaucoup, parce que cela me rendait toute drôle. Et!... Oh!... Miss Sinclair, ne me battez pas, et je ne boirai plus jamais.

— Vilaine, je vais vous guérir de ces pensées dégoûtantes. Allez! et un coup bien cinglé accentua ces paroles.

La pauvre fille vit qu'il était inutile de lutter plus longtemps contre la résolution bien arrêtée de sa maîtresse, aussi se leva-t-elle et se mit-elle en devoir de se dévêtir. Elle enleva sa robe et sa crinoline et se tint debout, toute rouge, tremblante, n'ayant plus que sa chemise, son corset et le pantalon de forme ridicule que l'on porte à cet âge.

— Allez, dit Miss Sinclair, jouissant de sa confusion.

— Oh! s'il vous plaît, Madame! dit-elle en dénouant son corset.

Et Miss Hazeltine éclata en de nouveaux sanglots quand son corset tomba par terre.

Miss Sinclair alors s'approcha, lui enleva elle-même son pantalon et lui mit la chemise par dessus la tête.

La petite était nue maintenant et n'avait plus que ses bas et ses souliers. Son corps, bien que grêle, était vraiment charmant et déjà sa poitrine un peu développée, montrait deux mignons petits seins.

Malgré ses mouvements désordonnés, ses spasmes et ses cris, Miss Sinclair l'entraîna vers le tréteau, lui mit les bras en avant, qu'elle lia aux pieds du tréteau, lui écarta les jambes qu'elle lia de même et se tint un instant tranquille devant son œuvre, car elle pensait bien qu'Arthur en ce moment la voyait.

Puis elle releva sa manche et lança un coup terrible sur les reins de sa victime qui fit entendre un long cri d'agonie.

Une raie pourpre s'était dessinée sur la croupe mignonne et blanche.

Un autre coup, sur le côté gauche, arracha un nouveau cri à la fillette, puis sur le côté droit, une cinglade donnée avec l'extrémité de la cravache, fit une marque sanglante.

Miss Sinclair vit que cette peau était trop tendre et ne pourrait endurer qu'un châtiment léger. La fillette se tordait en criant et remuait à un tel point qu'elle faillit tomber avec le tréteau. Ce que voyant, Miss Sinclair lui entoura la taille de son bras gauche, et continua à la frapper, de plus en plus excitée par les cris horribles de la patiente.

Quand elle eut fini, le pauvre derrière de la petite, qui n'avait enduré que la moitié à peine des coups infligés à celui de Miss Bellasis, offrait un aspect pitoyable.

Le sang coulait de tous côtés, avec une telle force que Miss Sinclair dut l'étancher avec une serviette et avoir recours à la teinture d'arnica, ce qui causa à la fillette une douleur nouvelle, mais arrêta le sang.

Miss Hazeltine avait eu son compte et n'avait même plus la force de gémir tandis que la Directrice la déliait, en lui assurant que cette correction était pour son bien.

La pauvre était trop abattue pour prononcer un mot et même l'arnica la cuisait à un tel point que des larmes nouvelles jaillirent de ses yeux. Son bourreau lui dit d'aller se coucher et de prévenir Miss Cope que Miss Hatherton était demandée pour subir sa peine, dans quelques minutes.

A peine l'enfant venait elle de sortir que Miss Sinclair, refermant la porte, se trouva dans les bras de l'impétueux révérend. Il avait bondi hors de sa chambre, impatient de jouir à nouveau des privautés de la veille, mais Miss Sinclair lutta avec énergie, sachant qu'ils pourraient être surpris, et parvint à le décider de retourner à son observatoire. Il venait d'y entrer quand on frappa un coup timide à la porte de la chambre et Miss Sinclair ouvrant vit entrer Miss Hatherton qui s'arrêta sur le seuil, toute décontenancée, la lèvre tremblante d'émotion contenue.

— Entrez, méchante fille ! vous êtes la dernière
que j'ai à fouetter et j'espère que ce sera la fin, dit-
elle en fermant la porte.

Ces mots furent prononcés avec énergie, mais
ils étaient loin d'être sincères, et dans sa cachette,
Arthur ne put s'empêcher de rire tout bas.

— Je ne vous laisserai pas me toucher, et, si
vous le faites, mon père l'Archidiacre le saura par
le plus prochain courrier.

— Vraiment, dit Miss Sinclair avec calme.
Regardez-moi. Votre père m'a dit d'une façon for-
melle que je pouvais vous corriger quand et comme
il me plairait. Il paraît que vos instincts pervers
se sont déjà manifestés dans votre famille avant
votre arrivée ici et je puis vous montrer une ligne
ou deux de votre respectable père, auquel vous
faites allusion, qui me font connaître un petit
contretemps survenu l'hiver dernier, dans l'église
même, décorée pour la Christmas et devant toutes
les jeunes filles rassemblées.

Cette révélation inattendue donna un coup à
Miss Hatherton, et deux larmes coulèrent sur ses
joues.

C'était une forte fille, destinée à faire certainement une belle femme. Sa complexion était floris-
sante, et ses dents étaient d'une grande blancheur.
Le type de la santé parfaite, le type de la jolie bru-
nette à la peau fine, une beauté d'Irlande. Miss
Sinclair prit le livre qu'elle avait mis de côté, un
livre relié, portant au dos ces deux lettres : F. H.

— Qu'est ce volume, je vous prie? dit Miss Sinclair, le tenant du bout des doigts comme si elle le voulait jeter.

Miss Hatherthon ne répondit pas; alors Miss Sinclair frappa du pied, avança vers elle, et la jeune fille leva la main comme pour se garer d'un coup.

— Fanny Hill, répondit-elle alors précipitamment.

— Fanny... quoi?...

— Fanny Hill, une mauvaise femme...

Miss Sinclair ouvrit le volume, et, comme si elle voyait pour la première fois les lithographies en couleurs qu'il contenait, elle le jeta par terre avec un dégoût affecté.

— Vicieuse et dégoûtante créature,... ignoble fille, que deviendrez-vous? Où avez-vous eu ce livre?

— Je l'ai trouvé au bain, la dernière fois que nous y sommes allées.

— Je ne vous crois pas, dit la Directrice. Vous êtes une menteuse, bien qu'une..., elle s'arrêta court, ne sachant trop de quelle épithète qualifier une jeune fille qui lit le roman de Cleland à seize ans et demi.

— Obligez-moi en enlevant votre robe.

Miss Sinclair continua :

— Et si vous vous montrez obéissante et vous soumettez humblement à votre punition, promettant de ne jamais commettre de faute, je vous promets de ne pas vous faire plus de mal qu'il n'est nécessaire pour vous enlever toutes vos mauvaises pensées.

Miss Hatherton poussait de sourds gémissements, mais trompée par la vague promesse de Miss Sinclair, elle abandonna l'idée de révolte qui avait germé dans son cœur, enleva sa robe, et se tint devant sa maîtresse n'ayant plus que son corset, sa chemise, ses bas et ses souliers, mais pas de pantalon.

— Quoi, s'écria Miss Sinclair, qu'est-ce que c'est ?

— Oh ! madame, il fait si chaud, je l'ai enlevé.

— Oh ! dégoutante et vile créature.

Et Miss Sinclair releva sa chemise, ridiculement petite, la pauvre fille ayant sans doute grandi trop vite.

— Vous avez, je le crains, de mauvaises habitudes, dit-elle, et je pense qu'il vaut mieux que je ne vous corrige pas du tout, mais que je vous renvoie dans votre famille.

— Non ! ne faites pas cela, cria la jeune fille, battez-moi, tuez-moi si vous le voulez, mais ne me renvoyez pas de votre école. Je me repentirai, je vous le promets.

Un grand sanglot suivit ces paroles. Miss Sinclair alors la fit s'étendre sur le cheval improvisé et lui attacha les pieds et les mains comme elle l'avait fait pour sa précédente victime.

Prenant la brosse à cheveux, elle dit à son élève réduite à l'impuissance :

— J'espère que ce que vous allez souffrir vous fera du bien et vous guérira de vos penchants vicieux. Je vous confierai aux soins du docteur Jossop demain, et si je trouve en vous quelque chan-

gement, je garderai le secret sur vos hontes et votre père ne saura rien.

En réalité, Miss Sinclair ne se souciait pas de renvoyer son élève. L'archidiacre ne chicanait jamais au sujet des paiements et les notes, même agrémentées de multiples suppléments, étaient toujours scrupuleusement et promptement acquittées.

— Merci! murmura Miss Hatherton, merci, Miss Sinclair. Je ferai tous mes efforts et je mériterai votre estime à l'avenir. Mais, je vous en prie, faites vite, et elle s'arrêta, toute pantelante, à l'idée du supplice qui l'attendait.

Miss Sinclair lui releva la chemise par dessus les épaules et mit à nu sa croupe, déjà luxuriante. Miss Hatherton était juchée si haut que ses pieds touchaient à peine terre.

La Directrice qui tremblait de joie à la pensée du plaisir qu'elle allait éprouver, leva la brosse. C'était une brosse fort élégante dont les poils formaient un demi-cercle autour du bois.

Ce ne fut pas une flagellation scientifique, délicate, longuement préméditée, car Miss Sinclair était trop excitée pour y aller d'une main légère. Les effets de son premier essai en ce genre, combiné avec l'attaque imprévue d'Arthur l'avaient exaspérée et la victime qui la regardait, la tête en bas, fut terrifiée en voyant son regard déterminé.

Miss Sinclair était livide. Elle montrait ses dents dans un sourire qui ne présageait rien de bon.

Miss Hatherton fit entendre un appel pitoyable qui n'eut pour résultat que d'exciter davantage sa cruelle maîtresse et comme elle éclatait en sanglots, ce fut le signal de l'exécution.

Les coups s'abattirent d'abord au milieu du côté gauche, faisant aussitôt apparaître une marque rouge semée d'une multitude de petits points.

Ce fut ensuite le tour de l'autre côté qui fut décoré de la même façon.

Miss Sinclair était trop absorbée pour s'amuser à se moquer de son élève.

Elle laissa Miss Hatherton hurler, crier miséricorde, faire de furieuses promesses d'amendement, sans y prêter la moindre attention et s'arrêta un moment seulement pour jouir de la vue de la malheureuse croupe et aussi pour en laisser jouir également son complice aux aguets.

Comme elle s'approchait de nouveau, la brosse en mains, Miss Hatherton, épouvantée, agita les jambes et se tordit pour éviter le coup qu'elle allait recevoir. Son bourreau ricana de ses efforts, et prenant une des courroies qui restaient, elle lui lia la jambe gauche plus étroitement encore, puis lui appliqua un coup épouvatable sur son derrière déjà tant torturé.

La brosse recommença son manège.

La croupe de la patiente était maintenant cramoisie, enflammée, et les mille trous que faisaient dans la peau les poils piquants de la brosse laissaient maintenant filtrer des gouttelettes de sang, comme si des millions d'épingles avaient été enfoncées là.

Les cris de la pauvre petite devenaient de plus en plus faibles à mesure que sa force de résistance au supplice diminuait. Elle cessa de lutter, privant ainsi Miss Sinclair du plaisir que lui causaient ses mouvements désordonnés.

La Directrice se réservait pour un effort final, et son cœur battait à éclater. Elle finit par placer la brosse entre les cuisses de sa victime et à la remuer furieusement.

Bientôt les cuisses de Miss Hatherton furent aussi rouges et enflammées que le reste et Miss Sinclair s'arrêta pour reprendre haleine. La patiente recommença à se tordre, en proie à une terrible crise. La porte de communication était maintenant entrebaillée, et Arthur, les yeux hors de la tête, se montra et murmura :

— Miss Sinclair !

Il montrait du doigt la pauvre élève agonisante et meurtrie et cria presque :

— Allez !

Miss Sinclair comprît, levant une dernière fois l'instrument de torture, en donna un coup formidable, puis la promena deux ou trois fois sur la pauvre chair saignante.

. . . .

Ayant montré à nos lecteurs comment Miss Bellasis fut *fouettée pour vol* et comment la Directrice de *Verbena-House* devint une flagellatrice, notre tâche est terminée.

Pas une élève de l'école ne vint désormais chez elle pour les vacances sans avoir été « corrigée » d'une façon ou de l'autre. Le Révérend Arthur était toujours là, se retrempant pour ainsi dire à ce spectacle.

Il recommandait autour de lui l'établissement et bientôt *Verbena-House* devint une des meilleures écoles de Brighton. On y transformait en filles obéissantes, les jeunes filles les plus rebelles, et toutes les élèves, élégantes, de maintien modeste et apparemment si disciplinées, excitaient l'admiration des passants, quand elles défilaient, deux par deux, à la promenade.

C'est le jeune Stiggles qui m'a révélé tout ce que je viens de vous narrer. C'est lui qui avait acheté le gin de Miss Haseltine, le livre de Miss Hatherton et il avait couronné ses exploits en essayant de séduire Dorothée. Ce fut sa dernière équipée. On le renvoya.

Il devint garçon à l'*Old Ship Hotel*. C'est là que je le rencontrai, et la découverte qu'il fit dans ma valise d'un des derniers ouvrages de M. Dugdale, l'éditeur alors fameux de Holywell-Street, le fit entrer en confidences et me narrer ce que je me suis efforcé de vous apprendre.

FIN

TABLE

TABLE

BIRCHGROVE PRESS
Flagellant & Libertine Erotica

———

Birchgrove Press specializes in producing new print and e-book editions of pre-1950s writings on sexual flagellation in English. Original editions of many of the books that we offer are difficult to obtain and are highly sought after. We are especially proud to offer new editions of rare Victorian flagellant texts such as *The Mysteries of Verbena House*, *Experimental Lecture by Colonel Spanker*, and *The Quintessence of Birch Discipline*. Birchgrove Press also produces new editions of libertine literature. We have published *Venus in the Cloister*, *The School of Venus*, *The Dialogues of Luisa Sigea*, and Isidore Liseux's translation of the Marquis de Sade's *Justine* (1791), *Opus Sadicum*, for example.

www.birchgrovepress.com.

www.ingramcontent.com/pod-product-compliance
Lightning Source LLC
Chambersburg PA
CBHW072124170626
46813CB00004B/1686